徳間文庫

竜宮ホテル

水仙の夢

村山早紀

徳間書店

目次

扉イラスト／遠田志帆
扉デザイン／岡本歌織
next door design

村山早紀

竜宮ホテル

Hotel du paradis

Saki Murayama

水仙の夢

登場人物

・水守響呼　風早の街在住の作家。先祖の娘が妖精から授かった祝福の力によって、異界の住人たちを左の目で見ることができる。

・ひなぎく　妖怪の隠れ里から来た猫耳の少女。響呼を姉のように慕っている。

・錦織寅彦　櫻文社の若き編集者。父は辰彦。

・草野辰彦　クラシックホテル竜宮ホテルのオーナー兼経営者。一流の俳優でもあり、ベストセラー作家でもある。本名は錦織辰彦。

・錦織羽兎彦　寅彦の曾祖父。華族の若者。竜宮ホテル創設者にして冒険家。物語めいた逸話の多い人物。魔法や錬金術に興味を持ち、自らそれを行っていたらしい。

・檜原愛理　響呼の高校時代の同級生。竜宮ホテルにあるコーヒーハウス『玉手箱』でアルバイトをしている、ストリートミュージシャン。心優しいが故に、行き場のない動物たちの霊になつかれやすい。

・月村満ちる　美人で売れっ子の少女漫画家。多少性格に難があるが善人。自称霊能力者。

・キャシー・ペンドラゴン　アメリカのサーカス団出身の有名な子役。ニューヨーク在住だが今は竜宮ホテルに住む。祖父は佐伯銀次郎。

・佐伯銀次郎　元サーカスの魔術師。今は竜宮ホテルで働いている。知的で柔和な老人。

・水守美鈴　響呼の母親。事故による意識不明のため長く入院中。

第一話　水仙の夢

里の皆さん、お元気ですか？

ひさしぶりに、またお手紙を書きたくなりました。心の中で書くお手紙だけど、お空を見上げながら言葉を考えていると、飛んでゆく小鳥たちがわたしの心をなつかしい里へと届けてくれるような気がします。

わたしは元気です。

二月になりましたね。そちらはとても寒いのでしょうね。人間の街は暖房であたたかいですし、響呼《きょうこ》お姉様に買っていただいたお洋服もぬくぬくしているので、わたしは冬なのに、春の中で暮らしているみたいです。

お皿を洗うとき、里の水甕《みずがめ》に汲《く》んだお水だと、冷たくて手もしっぽもきゅんとしていたのに、人間の街では、お湯がじゃぐちから出るのです。まるで魔法みたいです。しもやけもあかぎれもできないんですよ。

それと、人間の街で、もうひとつ、これは最高だと思ったものがあります。

こたつ、です。

偉い作家の安斎《あんざい》先生が、竜宮《りゅうぐう》ホテルに執筆のためのお部屋を借りることになさったのです。安斎先生は、わたしと響呼お姉様にいつも美味しいお菓子を買ってきてくださったり、面白いお話を聞かせてくださるので、大好きなおじさまなんです。

安斎先生が借りられたお部屋は、和室、といって、良い香りの畳が敷いてあって、障子《しょうじ》や襖《ふすま》がある落ち着く感じのお部屋です。そこに、こたつ、はあったのです。

ええと、たとえるならば、それはちゃぶ台がお布団をかぶったようなかたちをしています。そのふわふわしたお布団の中に、お日様のようにぽかぽかした明かりが灯っていて、足を入れると、魂が溶けそうなくらいにあたたかいのです。

わたしは、安斎先生に呼ばれて初めてこたつに入ったとき、人間の世界にはなんて素敵なものがあるのだろうと思いました。

ときどき、安斎先生に呼ばれて、お手紙を出しに行くとかの簡単なお使いを頼まれて、その帰りに、こたつに招かれることがあります。時間があるときは、そのままいっしょにお茶やおせんべいをいただきながら、テレビで時代劇やお相撲を見たりします。少しだけ苦手なのは、安斎先生はこたつの上に籠に盛った蜜柑《みかん》を置いていることがあるということです。あんな目に染みたり鼻にツンとくる匂いがするものを、どうして人間は、こたつの上に置くのでしょう。魔除けか何かなのでしょうか。わたしにはよくわかりません。

そんなふうに、街での暮らしは快適なのですが、ときどき、里の冬に感じていた、雪や氷の匂いが懐かしくなります。

それとね、里の川岸に咲いていた白や黄色の水仙が懐かしいです。良い匂いや、摘んだとき手にふれる、葉や花のひんやりとした感じが。街のお花屋さんにも水仙は咲いていますけれど、里の川原みたいに、一面には咲いていないので、やっぱりさみしいのです。

水仙の花には、小さな頃の思い出があります。里のみんなも知っているように、わたしはずっと昔に病で家族をなくしました。お父さんお母さんお姉さん。それからもう少し昔に、おじいちゃんやおばあちゃんも。

あんまり小さな頃にお別れしたものだから、みんなのことをよくはおぼえていません。ただふとしたはずみに、たとえば優しいそよ風の吹きすぎる音の中に、ああ、あのひとたちはわたしの名前をあんなふうに優しく呼んでくれていたな、なんて、その声のかけらを耳の奥で思いだしたりします。

毎年、空気がしんと冷えて、でも光がきらきらと明るくなる時期に、川辺に良い香りの水仙が咲くと、そんなふうに家族のことを思いだすのです。その香りの中にお姉さんの優しい白いてのひらの匂いを思いだしたり、一面につづく白い花の群れの中に、お母さんのほっそりした姿が立っているような気持ちになったり。目を閉じて水仙の中にいると、いつのまにか、お父さんの大きな背中がすぐ前にあって、冷たい冬の風から守ってくれているのを感じたり。おじいちゃんやおばあちゃんが、川の向こうがわでにこにことこちらをみつめて、大丈夫、もう春になるよ、と笑いかけてくれるのが見えるように思えたり。

目を開けると、ほんとうには誰もいなくて、わたしはいつもひとりのままだったのですけれど。

でも、毎年、水仙の花が咲く頃に、そうやってりんとした風に吹かれているのがわたしは好きでした。耳の端っこやしっぽの先が冷たいなあと思いながら、そう、とくに朝、空を見上げているのが好きでした。

また春が戻ってくる。じきにあたたかな季節がくるよ、と家族の声がささやくように聞こえます。もしかしたらずうっと昔、ほんとうに家族の誰かが、あるいはみんなが幼いわたしにその言葉を聞かせてくれていたのかも知れません。

冬のおわりに。春の気配を感じる頃に。

そうそう。今日お手紙を書いたのは、人間の街で、初めて、鬼に出会ったからです。鬼、って、里にはいなくて、伝え語りばかり残っているから、どんなものかと思っていました。いろいろ想像していました。でも、初めて会うのが人間の街だとは思っていませんでした。

鬼は水仙の花が好きみたいでした。水仙の花が咲く川岸で、とても懐かしいような、悲しいような目をして、優しく笑っていました。

その日わたしは、満《み》ちる先生のお使いで、雪がちらつく駅前商店街を歩いていました。キャシーと一緒の冬の楽しいお散歩でした。

満ちる先生というのは、竜宮ホテルに住んでいる、美人でとっても面白い女のひとで、漫画家さんです。ときどき一言多いのですが、それであとで反省したりもしているので悪いひとじゃあないのです。

ショーウインドウに映るわたしは、お気に入りのふわふわの白い帽子をかぶって白いマフラーを巻いた姿です。帽子には雪うさぎみたいに、長い耳のような飾りがついていて、青いチェックのリボンと、赤い目みたいなボタンもふたつついています。いい感じに猫耳も隠れるし、走るとうさぎさんが走っているみたいに耳がなびいて、かわいいんです。あったかいし、お気に入りです。

帽子は、お揃いのマフラーといっしょに、去年のクリスマスに、サンタさんからいただいたものです。サンタクロースって、やっぱり存在していたんですね。——といっても、わたしはサンタさんには会えませんでした。二十四日の夜中、ベッドの上に正座をして、寝ないで待っていたんですけど、サンタさん、お部屋に来てくれなかったの。

お姉様が、「いま庭でサンタさんから預かりましたよ」といって、トナカイや樅《もみ》の木が描かれた綺麗な紙に包まれたプレゼントを持ってきてくれました。

お姉様はサンタさんからプレゼントを預かったときに、伝言をお願いされたとおっしゃいました。

「最近、太ってしまって、竜宮ホテルの煙突には入れなかったっておっしゃってましたよ。来年までにはダイエットをしてくるから、そのときにはお部屋にきっとプレゼントを届けに行くね、ってサンタさん申し訳なさそうでした」

そうか、と思いました。サンタさんは、絵で見ると、いい感じに太ってらっしゃいますものね。仕方ないと思いました。せっかく竜宮ホテルは煙突があるのに、惜しかったなあと思います。でも来年に会えるなら、いいんです。そのときは、いただいた帽子とマフラー、どんなに嬉しかったかお話ししようと思いました。

「何だか綺麗で、もったいなくて使えません」

わたしは最初、プレゼントを開けてみたとき、とっても嬉しかったけど、困ってしまって、お姉様にそういいました。

だって、包みの中に入っていた帽子とマフラーは、ほんとうに雪うさぎみたいに、真っ白でふわふわで、わたしの手でさわったら、汚れてしまいそうだったからです。

そう話したら、お姉様が、「サンタさんはきっと、ひなぎくちゃんが寒くないように、あたたかいように、って、かわいい帽子とマフラーを選んでくださったんですから、使ってあげた方が喜ぶと思うんですよ」

身を屈めて、わたしの顔をのぞきこむようにして、優しい声でいいました。

たしかにそうだと思いました。わたしがサンタさんだったら、せっかくの贈り物を、使わないとがっかりするだろうと思いました。煙突はくぐれなかったとしても、ちゃんと橇《そり》で庭まで配達に来てくださったのに使わないなんて……。

お姉様は、わたしが雪うさぎの帽子をかぶってマフラーを巻いてみせると、似合う似合う、と手を叩いて、まるで自分がプレゼントを選んだみたいに嬉しそうでした。

お部屋の鏡にうつしてみると、たしかに我ながら似合っていると思いました。ほんとうのわたしよりも、ずっとずっとかわいい女の子に見えました。

「お姉様、サンタさんって、センスがいいんですね」

わたしがいうと、お姉様は、

「そんなことは」

と照れたようにいいかけて、

「ええほんとに、サンタさんというひとは、とってもセンスがいいですね」

と、いいなおしました。「サンタさんも、ひなぎくちゃんがいい子だから、喜んでくれるように、一生懸命選んだんだと思いますよ」

嬉しそうに笑いました。

お姉様が嬉しいとわたしも幸せなので、よかったと思いました。

わたしはお外に出るときは、いつも帽子をかぶっています。あやかしの使う術で、ふだんは耳としっぽを隠していることができますが、帽子で頭を隠していないと何となく落ち着きません。たまにお姉様みたいに、あやかしのほんとうの姿が見えるひとが街にいるので、それが怖いのかも知れません。

このかわいい雪うさぎみたいな帽子なら、耳を隠すためじゃなしに、楽しくてかぶりたいような気がしました。

そう話すと、響呼お姉様は、とても嬉しそうな顔で笑ってくださいました。

そういうわけで、一月の終わりのその日も、わたしは、雪うさぎの帽子をかぶり、マフラーをなびかせて、駅前商店街に向かって、歩いていたのです。いつも一緒の二匹のくだぎつねは、響呼お姉様とわたしのお部屋の、お日様のあたる窓辺で、気持ちよさそうにお昼寝をしていたので、置いてきました。目が覚めてわたしがいないと気づくと、置いて行かれたってすねるんじゃないかとは思いました。でも、あの子たちはまだ子どもだから、お昼寝はたくさんしないといけないって思ったんです。

かわりに、映画の撮影がお休みのキャシーが一緒でした。キャシーはサンタさんからもらったという、真っ赤なコートを着ていました。とてもよく似合っていて、わたしはまた、サンタクロースというひとは、センスがいいんだなあと思ったものでした。

空を飛ぶ橇を操《あやつ》ることができる上に、ひとばんで世界中の子どもたちにプレゼントを配ることができて、そのうえに女の子のお洋服をえらぶセンスもあるだなんて、そのひとはいったい、どういう超人なのでしょう。

寒い日で、雪がちらちらと空から舞っていました。その商店街までは、ホテルから歩いて二十分くらい。寒くても、友達とふたり、おしゃべりしながらお散歩するのには、ちょうどいい感じの距離でした。話すと息が白くなって、それが楽しくて、ふたりで息をわざとふわふわ吐いたりしながら歩きました。

キャシーのお友達のライオンのアポロが、わたしたちのそばを楽しそうにゆったりと歩いていました。アポロはライオンだけど、ゆうれいなので、街を歩いていても、誰かをびっくりさせることはありません。でもときどき、小さな子どもや、乳母車の中の赤ちゃんが、びっくりしたり、指さして笑ったりして、アポロを見ていることがありました。

前に里のお年寄りから聞いたことがありますよね。普通、人間の目には、あやかしやゆうれいは見えない。でも、赤ちゃんや小さいうちは、お化けや妖怪が見えることもあるらしいのです。そういう子たちにはきっと、隠しているわたしの猫の耳も見えるんじゃないかな。

満ちる先生の頼みはお買い物でした。商店街のはずれの喫茶店に、一月のブレンドのお紅茶の葉を買いに行ったのです。そのお店は、綺麗なお姉さんが経営している素敵な喫茶店で、お店でお茶を出すのとは別に、月ごとに良い香りの紅茶の葉をブレンドして、小さな袋に入れて売っているのです。窓から海が見えるのが素敵で、それと、そのお店には優しいおじいさんの虎猫がいるので、その猫とお話しするのもわたしは好きでした。――虎猫のトラジャさんは、ゆったりとした猫で、ライオンのアポロにもびっくりしないで、鼻と鼻をつけて挨拶してくれました。そしてわたしに、いつか遠い南の国でライオンにあったときの話をしてあげようといいました。トラジャさんは、猫だけど、世界を旅してきた旅人なのだそうです。人間の街には、すごい猫がいるんだなあと思います。

林檎《りんご》と松の葉の香りのするお紅茶をいれた紙の袋を抱いて、わたしとキャシーはホテルに帰ろうとしました。――その帰り道のことです。

わたしとキャシーは目と目を合わせると、同じ商店街の、「不可思議屋さん」に足を向けました。少しだけ寄り道です。

そこには、物語の本の中にあるような、不思議なものがたくさん並んでいます。

そんなに大きなお店じゃないと思うのですけれど、棚にもテーブルにも、端から端まで、面白いものが並んでいます。お店の中を見ているうちに、いつの間にか時間がたってしまうくらい、楽しいお店なのです。そうして、そのお店の店長さんは、背が高くて、ハンサムなおじいさんでいらっしゃるんですけど、子どもが好きなのです。あやかしのわたしにもとても優しいのでした。わたしの耳も長いしっぽも、どうやら見えているみたいなのに。

少しだけ、ほんとうに少しだけ、わたしにはそのひとが怖いときがあります。底知れない、魔法めいた雰囲気を感じることがあるからです。それはお姉様が持っているものと、少しだけ似ていて、でももっと怖い、魔物に近いような、そういう感じの気配でした。でも、そのひとは、心底優しいいいひとで、弱い者や正しい者の味方だと、猫の勘でわかるので、わたしは不可思議屋さんとそのお店が好きなのでした。二匹のくだぎつねたちは、わたしみたいに猫じゃないので、怖い、といって怯《おび》えてしまうんですけれど。

あ、不可思議屋さん、というのはあだ名で、ほんとうは、ちゃんとした骨董品屋《こっとうひんや》さんの名前があります。でも街のひとたちはみんな、その名前で、お店と店長さんのことを呼ぶのです。

竜宮ホテルの草野《くさの》先生とは、少しだけ年が離れたお友達なのだそうです。それでもって、草野先生の子どもの寅彦《とらひこ》お兄様も、子どもの頃はよく遊びに行っていたお店なんだそうです。不可思議屋さん、というその名前は、寅彦お兄様から教えていただきました。商店街に不思議なお店があって、といったら、「ああ不可思議屋さんですね」とすぐに笑って教えていただけたのです。

「おや、ふたりとも、いらっしゃい」

お店の中には、あたたかな感じに、ストーブが燃えていました。上に載せられたやかんが、しゅんしゅんと音を立てて、白い湯気を吐いています。

「寒いでしょう？　あったまっていきますか？　お茶も飲んでいきませんか？」

昔の映画の中国のひとのような服装をしたおじいさんは、丸い眼鏡の奥の、少しだけ謎めいた灰色の目で、わたしたちを見つめました。

「はい」

わたしたちは答えて、わたしたち街の子どもの指定席になっている丸い椅子に腰を下ろしました。わたしは、それから小さい声で、「あんまり熱くない方がいいです」といいました。恥ずかしいけど、猫舌ですもの。

不可思議屋さんは、わかっていますよ、というように、笑顔でうなずきました。

そうしてわたしとキャシーは、猫舌でも大丈夫なように、ほどよくあったかい烏龍茶と、甘い柿の餡の羊羹《ようかん》を出していただきました。アポロは満足そうに、ストーブのそばに長くなって横たわりました。ライオンのゆうれいでもサバンナの出身なので、あったかいのが好きなのかも知れません。

古いお店の中は、天井に小さなシャンデリアを灯していても、すこうしだけ暗くて、まるで古い写真や映画の中の情景のように見えました。まるでわたしも、そう、誰かの昔の記憶の中に入ったような気持ちになります。

低い音で、ラジオが鳴っていました。お店の中には、いろんな人間の街や国の、いろんな時代の品々が、棚に並んだり、テーブルに飾られたりして、しんとしていました。人形や、ぬいぐるみや、兜に剣に、西洋の鎧を着た重そうな人形に。それから本。たくさんの本に巻き物。ちょっと怖いのは、本棚の上からこちらを見下ろしている、大きな鳥の剝製や、瓶に入った大きな魚でした。もう死んでいるはずなのに、ふとしたはずみに、目がこちらをじいっと見ているようなのです。

お店の中には、不思議な匂いのお香がたきしめられていました。あれは魔除けのお香だそうだよ、と、草野先生に聞いたことがあります。不可思議屋さんには、あやしい品々がたくさんあるから、その気配にひかれて、悪いものがよりつかないように、魔除けのおまじないをしてあるのだそうです。それと、店の品々の中で眠っている、悪い魔物の魂が起きないように……。

そうして封じられているせいなのか、わたしには、そこにほんとうに魔物たちがいるのかどうか、よくわからないのです。ただ、気がつくといつも耳の底の方で、ざわざわ、ざわざわ、と、何かがささやいている声が、海の波の音のように聞こえている

こと も ——あるのですけれど。ちらりと目のはしに何かが見える こと も。

この不可思議屋さんはずうっと昔から、風早の街にあるのだそうです。このお店には、骨董品に交じって、いわくつきの品々が置いてある、店長さんは魔法使いなんだ、なんて噂もあるそうです。――ほんとうにそうなんですか、とわたしが訊いたら、

「ひなぎくちゃんはどう思うんですか？」

と、楽しそうに笑うだけなんですけど。

でもわたしは、人間の街に魔法使いがいてもおかしくないと思うので、きっとこのひともまた、魔法使いだと思っています。

となりであったかそうなお茶を飲みながら、興味津々な顔で辺りを見回しているキャシーは、前にわたしに、断言したことがあります。

「あれは本物の魔法使いだぞ。間違いない」

キャシーはまだ子どもだけど、世界中のことを何でも知っている、お利口さんな女の子です。その彼女がいうのだから、やっぱり、ほんとうなのかも知れません。

それとわたしは、いちど、このお店で、不可思議屋さんが、箱の中から不思議なものを出して、手入れしているのを見たことがあるのです。夕暮れ時、ほかにお客様のいないときに、そのひとが細長い箱を開けて外に出したのは、月光のような光を放つ

長い刀でした。

わたしがそこにいることに気づくと、不可思議屋さんは、「昔の品物ですよ」とだけいい、刀を箱に戻しました。でもその一瞬、刀から、なんともいえない力のようなものが迸《ほとばし》ったのをわたしは感じました。怖くて逃げたい、と思いました。まるで刀に飲み込まれてしまいそうな気がしたのです。だから、不可思議屋さんが、あの刀をしまってくれたとき、ほっとしました。

ああいうものがあるのなら、このお店はやっぱり、普通のお店ではないのです。


お茶を飲んでいるうちに、電話がかかってきました。お客様からの電話でしょうか。

「お久しぶりでございます。……はい、覚えております。ええ、承知いたしました」

黒い電話の受話器を持ったまま、不可思議屋さんは頭を下げました。

「ええ、早いもので。もう二百年目ですものね。はい、お約束は、たしかに果たさせていただきますよ。

おそらくは、今年の水仙の季節の、これでおしまいとなることでしょう」

わたしは耳をそばだてました。

いったいなんのお話をしているのだろうと思いました。

でもすぐに、不可思議屋さんは穏やかな笑みを浮かべたまま、帰ってきました。そして、何だか悲しそうな表情をして、ガラスの扉の向こうの街を見るようにしました。

わたしとキャシーが帰るとき、不可思議屋さんは、緑色のつやつやした葉がついた枝を二本、わたしとキャシーに手渡しました。

おみやげですよ、と笑って。

柊《ひいらぎ》でした。

キャシーが首をかしげました。

「あの、クリスマスなら終わりましたよ?」

柊といえば、そうクリスマスです。赤い実と葉を飾るのです。クリスマスの歌にもでてきます。

不可思議屋さんは身を屈めて、わたしたちに微笑みかけました。

「魔除けですよ。節分の」

「せつぶん?」

わたしとキャシーは目を見合わせました。

「二月の初め、もうすぐに、節分がありますでしょう。柊があると、鬼は来ないんです」

焼いた鰯《いわし》の頭を枝にさすと完璧です、と、不可思議屋さんは不思議なことをいいました。

わたしは、その枝をぎゅっと握りしめました。葉のとげがちくちくとして、よい香りがしました。

「そういえば」

キャシーはいいました。

「日本では、節分というイベントがあるとは聞いたことがあります。毎年、二月初めの夜に、街に鬼が襲来するから、各家庭では豆を用意して、迫り来る鬼を撃退するのだと」

わたしは身を震わせました。

「人間の街には、まだ悪い鬼がいるんですか？」

昔話にあるような時代には、鬼は怖い存在だったといいます。でも、いまの時代には、もう優しい、いい鬼しかいないと思っていました。『泣いた赤鬼』の赤鬼と青鬼みたいに。

わたしは、鬼というものにあったことはありません。隠れ里でも、伝説の存在みたいにいわれていましたね。その魔物は、生き物を襲い、何もかも食らいつくしてしまう恐ろしい妖怪だった、と。あんまり悪いことをするものだから、昔に人間のおさむらいたちに、せめほろぼされてしまったのだと。

節分という人間の行事が、鬼や煎った豆に関係があるらしいということは、何とはなしに知ってはいましたが、人間が鬼と戦う行事だとは知りませんでした。

人間の街には、まだ鬼が隠れすんでいたのでしょうか？　それも優しい鬼ではなく、人間を襲うような、凶暴で恐ろしい鬼が。そんなものに、豆なんかでたちむかえるのでしょうか？

不可思議屋さんは、わたしを気遣うように、優しい表情で、笑ってくれました。

「大丈夫ですよ」といいました。

「ほんとうの鬼は、怖いものではありません。怖いのはわたしたち、人間の方です。鬼というものは――ただ、かなしい存在です」

そっと自分の胸に手をあてて、いいました。

わたしはキャシーと目を見合わせました。

柊の枝を持って、キャシーとふたり、雪が降る中を竜宮ホテルに帰りながら、わたしは、よくわからないなあと思っていました。

（人間って、怖くないと思うんだけどな）

たとえば、わたしの友達のキャシーは、魔法使いですが人間です。大好きな響呼お姉様だって、お父様だって、人間です。寅彦お兄様も、満ちる先生も、愛理《あいり》さんも、草野先生も、日比木のお兄ちゃんも、それからそれから、とにかく、みんなみんな、人間だけど優しいです。

わたしがであったひとたちには、怖いひとなんてひとりもいませんでした。

そう。不可思議屋さんだって人間です。

（あ、でも……）

わたしは思い出しました。前に草野先生が、不可思議屋さんは、悪霊を退治したり、悪いあやかしはせいばいしたりすることもあるって、話してくださったことがありました。不可思議屋さんには、品物に交じって、若い頃に、悪いもののけを退治したときの魔法の弓矢と、刀で切り落とした河童さんの腕も置いてあるのだそうです。いつもにこにこしているけれど、強いひとなのですって。

「あの店にはね、魔除けのお香に御札に、いろんな秘密の魔法の品々や武器が、こっそり置いてあるんだよ」

草野先生は、声を潜めて、わたしとキャシーに教えてくださいました。

ただそれは草野先生が、夜に、暖炉の前で、お酒を飲みながら、わたしたち子どもに、昔話でもお話ししてくださるような表情と、いい方でのことでした。

だから、それがほんとのことなのか、それともじょうだんなのか、わたしには、正直よくわかりません。

でも、不可思議屋さんも、そのお店も、ちょっと不思議なひとや場所だって、あやかしのわたしにはわかるので……もしあの薄暗いお店の中に、棚の端っこの暗がりに、河童さんの腕が置かれていたとしても、不思議ではないような気がしました。

そう、わたしが前に見たあの青光りする刀こそが、もしかしたら、河童さんの腕を切り落とした刀なのではないでしょうか。


節分の夜が来ました。

寅彦お兄様が、その日は早く勤め先の出版社から帰ってきて、張り切って、大豆を煎ってくださいました。草野先生は、外国にお仕事に出かけていて、ホテルにはいらっしゃいませんでした。代わりに安斎先生が、寅彦お兄様とたまに喧嘩しながら、豆を煎るお手伝いをしていらっしゃいました。

ホテルのロビーで、寅彦お兄様は、升に入れた大豆を、ホテルに住むひとたちに手渡しました。真っ先に受け取った満ちる先生が、

「鬼は外、福は内、っていいながらまくのよ」

と、教えてくださいました。「そうしたら、悪い鬼はどこかにいってしまって、幸せが、やってくるの」

お仕事でお部屋にこもっていたお姉様が、にぎやかな気配に呼ばれたように、ロビーに降りていらっしゃいました。

「うわあ、節分って久しぶり」

徹夜続きでぼーっとした目を輝かせて、そうしてお姉様も寅彦お兄様から、升を受け取りました。

「ひなぎくちゃん、いっしょにまきましょうか」

お姉様といっしょに、お部屋に豆をまくのは楽しかったです。くだぎつねたちが、はしゃいで、豆をくうちゅうで受け止めて、みんな食べてしまおうとするので、それを叱りながら笑いながらの豆まきになってしまいましたけれど。だってあの子たち、あとでぜったいおなかをこわすと思ったんですもの。

寅彦お兄様が、わたしの年の数だけ、豆を綺麗な袋に入れてくださっていて、それはまくための豆とは別に渡してくださいました。あとで食べる分なのだそうです。

お姉様も、年の数だけ豆をもらって、なぜだかふくざつな表情になっていましたけれど、わたしはおとなは豆をいっぱい食べられていいなあと思いました。少しだけつまみぐいした豆は、香ばしくて、とても美味しかったからです。

ホテルのほかのお部屋のひとたちといっしょに、ホテルのいろんな場所に豆をまきました。部屋から駆け下りてきた、キャシーもいっしょです。ロビー、玄関、温室、地下のお洗濯をするところ、中庭、そしてお庭。

その頃には、夜空にたまに、雪がちらついていました。

お化けのことりんさんも、いつのまにかそこにいて、たいていの住人たちからは姿が見えないのをいいことに、投げられる豆をすれすれでよけて遊んでいました。背中を反らしたり、床から飛び上がったりして。テンションが高いその様子を、お姉様とライオンのアポロは、しょうがないなあ、みたいな優しい目で見ていました。

その日の夜、みんなでわいわいと豆をまいていた頃は、いびつな感じのお月様が、ぼんやりと真上の雲の間に浮かんでいました。雪雲は、月の光に虹色に照らされて、とても不思議な感じがしました。めのうのように見えました。

お庭でみんなで豆をまいていると、ほかのおうちでも、豆をまく音と、楽しそうな声が聞こえました。

「鬼は外、福は内」

その夜の風が雪交じりで冷たかったからでしょうか。わたしはふと、背中が寒いような気持ちになりました。

(鬼は外、鬼は外、って、街じゅうのひとたちから外に追われて、こんなに寒いのに、外へ外へ、って追い出されて、鬼はかわいそうだな)

と、思ったのです。

人間から、外へ外へと追われた鬼は、いったいどこへ行けばいいのでしょう?

そばにきたキャシーが、ふんと、鼻を鳴らしました。

「それで鬼はどこだ?　鬼と戦わなくてもいいのか?」

『鬼ならここにいるわよ』

ことりんさんが、はあい、と手を振りながら、キャシーの前に現れました。アイドルっぽいポーズを取りながら、笑います。

キャシーが口を尖らせました。

「ことりんさんは、幽霊です。鬼ではないではないですか。鬼というのは、モンスターの一種で、たぶん西洋の世界でいう、グールとかコボルトとか、ああいったタイプの魔物でしょう。額に角があり、とげとげがついたバットのようなものを持ち、虎の皮のパンツをはいている、と、日本の古い絵本で見たことがありますよ」

キャシーはここにきたばかりの頃より、とても日本語が上手になっていました。でも敬語とかは、まだちょっと苦手みたいで、考え考えお話をします。

ふふん、というように、ことりんさんは、人差し指を振りました。

『それがね、そもそもの「鬼」という言葉には、「幽霊」という意味もあるのよね。日本に漢字が伝わってきた大本の、中国では、少なくともそういう意味だった。ひとは死ぬと鬼になると、中国ではいわれていたの』

ことりんさんは、生前はお笑いの仕事もしていた、お馬鹿なキャラクターの女の子としてテレビに出ていたタレントさんでした。でもほんとうは活字マニアの、難しい本もたくさん読んでいるような、とても賢い物知りのお姉さんなのです。

「じゃあ、鬼は外、っていうのは」

『もしかしたら、昔の日本では、虎のパンツのモンスターだけじゃなく、お化けのことも追い払うイベントだったのかもね』

はい、鬼ですよ、豆をぶつけてもいいですよ、と、ことりんさんは笑いました。

真上に昇るお月様の光の中にいることりんさんは、いつもと違って、あやしくて、少しだけ怖いひとのように見えました。

その夜、わたしは悲しい夢を見ました。

いつのまにか鬼の子どもになっていて、みんなから豆をぶつけられる夢でした。優しいはずの人間たち、竜宮ホテルのお姉様や、寅彦お兄様たちまでもが、わたしに豆をぶつけて、「外へ外へ」というのです。

鬼はここにいちゃいけない、と。

もうホテルに帰ってくるな、どこかへ行ってしまえ、と。

わたしは泣きながら、外へ逃げて行きます。でも、街のどこに隠れようとしても、街のどこからも、痛い豆は飛んできて、わたしにこちらへくるな、というのでした。

ここは人間の街だ、鬼はよそへ行け、と。

泣きながら、目が覚めました。枕元のくだぎつねたちは、遊び疲れたのか、おなかをみせて、伸びたようになって眠っていました。

お姉様は、お仕事に集中していて、パソコンの画面を睨《にら》んでいたので、わたしが起きたことには気づかなかったと思います。お仕事をするときには、大きなヘッドフォンをかけていらっしゃるので、たしょうの物音はきこえないらしいのです。

それでもお姉様は、わたしのため息に気づいたように、椅子に座ったまま、わたしの眠るベッドの方を振り返りました。そんな気配がしました。

わたしは寝返りを打つ振りをして、からだを丸くして、お布団の中に潜り込みました。涙でいっぱいのところを見せたら、優しいお姉様は心配します。

しばらく寝た振りをしていると、お姉様の椅子が鳴る音がして、またお姉様のパソコンのキーボードが、かろやかに音を立て始めました。

『泣いた赤鬼』のお話をわたしが好きなのは、悲しくて読むたびにむねがぎゅうっとなるのに、それでも何回も読んでしまうのは、人間のことが好きな、赤鬼さんも青鬼さんも、わたしのことみたいだ、と思うからでした。

人間が大好きで、でも、人間とはちがう姿をしていて、人間にはない力もすこうしあって。

だから、人間の中で暮らすことはできなくて、でもほんとはそばにいたくて。

わたしだけじゃない、そんなあやかしは、日本や世界に、たくさんいると思うんです。

だからわたしは、お布団の中で、なみだをそっとふきながら思いました。

もし、いまの時代に、いまの風早に鬼がいたとしたら、今夜きっとさみしかっただろうな、って。

丑三つ時、お姉様はその日のお仕事はいったん終わりにしようと思われたのか、かたかたとパソコンを片付けて、かんたんに顔を洗ったりお部屋を整えたりなさると、ベッドに入りました。お部屋着のまま、寝間着に着替えずお布団に入った、と思ったら、すうすう寝息が聞こえてきました。

とても疲れていらしたのだと思います。もう締めきりが近いということで、ここ数日、昼も夜もなくお仕事をなさっていて、ほとんど寝ていらっしゃいませんでしたから。

だからわたしがそのあと起き上がっても、お姉様は目が覚めなかったみたいでした。一度、ちらりとこちらを見ましたけども、寝ぼけたように、また眠ってしまいました。

わたしはそうっと寝間着を着替え、お部屋の外に出ました。足音を忍ばせて歩くのは、猫の血を引くあやかしのわたしの特技です。それに、明かりを落としたホテルの廊下には、ふかふかした絨毯が敷いてありますから、ほんのわずかの足音だって、ひびくことはなかったのです。

エレベーターに乗って、わたしは屋上に向かいました。屋上へのドアを開けると、凍えるほどに寒かったので、雪うさぎの帽子をかぶり、マフラーを巻いてきて、よかったと思いました。

ぼんやりと明かりを灯した温室のそばで、わたしは夜空を見上げました。

ちらついていた雪は完全に止んで、いまは一面に星が灯っていました。ゆっくりと雲が空を流れて行きます。空の高いところでは、速い風が吹いているのかも知れません。

月は、西の地平線に沈もうとしていました。

わたしは、小さな声で、空に呼びかけました。

「鬼は内、鬼は内」と。

今夜、街から追われた鬼がもしいたら。さみしい思いをしている鬼がいたら。

そう、『泣いた赤鬼』の鬼たちのように、人間の友達になりたかったのに、仲間にしてもらえなかった悲しい鬼がいたら、ここへ来て欲しいと、思ったのです。

この屋上に来て欲しい、と思ったのです。

「わたしは、『外へ』っていわないですよ」

鬼も内へ、ここへおいで、と思いました。

鬼も幸せも、みんなここへ来ればいい。

　わたしは鬼の友達になる。わたしも鬼も楽しくなるし、それに。

　ここは優しいひとたちが住む竜宮ホテルだから、きっと、優しい鬼のことを追い払ったりしない、そう思ったのです。

「大丈夫ですよ。もう怖いこともさみしいこともないですよ」

　わたしは夜空に向かって呼びかけました。ここならきっと、と。


　すると。夢のようなことなのですが、長い髪の大きな姿のものが、ふらりと、どこからともなく、こちらへとやってきたのです。まるで夜空の闇の中から、ぶくぶくと生まれてきたように見えました。

　そのひとは、音も無く、屋上に舞い上がってきました。

『呼んだのはおまえか』

　大きな口で、そんな風な言葉をいったような気がしました。

　どこかはっきりしないいい方でした。一言一言、言葉を考えているような、思い出そうとするように話しているような、そんないい方でもありました。喉《のど》の奥が、獣のように、ぐるぐると鳴りました。

『ここはどこだ』

といったような気がしました。

『おれはだれだ』と、呟《つぶや》いたような。

『なぜ、夜なのに、こんなに明るい?』

どんよりとした大きな目が、街の夜景を見渡しました。

地平線に沈もうとする月を見ました。

とほうにくれたような表情に見えました。

額に二本の角がある、口元には長い牙がのぞいている。この寒いのに、がっしりとした肩も、厚い胸もむきだしの格好をしている。腰の辺りに、汚れ破れた布をまとった、それはまさに鬼でした。あやかしの里で伝え語りにきいたままの姿、絵本で見た、その格好と同じです。

どういうわけだか、鬼の全身は濡れていました。そうして泥で汚れていました。長い爪も真っ黒で、まるでいまのいままで泥遊びでもしていたような、そんな有様だったのです。泥の下からのぞく肌の色は、生気のない、死体めいた淀んだ色で、ぬらぬらと青く見えました。

(青鬼だわ)

わたしは思いました。

どこかさみしげで、そして、恐ろしい顔をした鬼は、見上げるように背が高くて、まるでトラックやバスのようでした。

それが星空を背景に、ひとりのっそりと屋上に立っているのです。痛々しいことに、鬼の足は片方しかありませんでした。一本だけの足で、背中を丸めてそこにいるのです。つかれはて、苦しそうに見えました。

わたしはふと、物語の中の青鬼が、いまここに立っているような気がしました。

友達の赤鬼のために、悪い鬼の振りをして、赤鬼に傷つけられ、きっと酷い怪我をして、ひとりでどこかへ去って行ったという優しい青鬼。

わたしは最初にあの物語を読んだとき、青鬼を探しに行きたいと思ったことを思い出しました。

青鬼と出会えたら、きっとわたしがお友達になるのに、と。

「青鬼さん」

わたしが呼びかけると、鬼は、ゆらりとこちらを振り返りました。なぜだか不思議そうな表情で振り返りました。そのとたんに、痛い、というように大きな手で、目を押さえました。

わたしははっとしました。

実は温室の扉には、不可思議屋さんからいただいた魔除けの柊が飾ってあったのでした。こんなものをいただいたんですよ、と、日比木《ひびき》のお兄ちゃんに見せたら、お兄ちゃんは面白がって、温室の扉に飾ったのです。冬の寒い時期のことでもあり、二本の柊の枝は、いまもつやつやとそこにありました。

ああやっぱり、このひとは鬼なんだわ、と思いながら、わたしは慌てて、魔除けの枝をはずしました。

そして振り返って、わたしはふと、気づきました。鬼から良い香りが漂っているということに。鬼の泥に汚れた肩の辺りに、水仙の花や葉がたくさん、ちぎれ、潰れたようになって貼りついていたのでした。

「水仙」

わたしは思わず、その白い花を手に取りました。ちょうど里の川辺の水仙を恋しく思っていたときでもあり、無残に潰れた花がかわいそうで、そうせずにはいられなかったのです。

わたしが花を手にうつむいていると、ぐるるう、と、鬼は喉を鳴らしました。

『水仙が好きなのか』

と、はっきりしない言葉で、訊いたような気がします。

わたしに訊ねたはずなのに、どこか、目の焦点が合っていないような、夢の中で誰かに訊いているような、そんな問いかけでした。

わたしがうなずくと、鬼は大きな手でふいとわたしのからだを掴むと、その肩に乗せ、夜空に向かって飛び上がりました。

驚きましたけれど、気がつくと、もう夜空に浮いていたので、いやもおうもなかったのです。鬼の足は、一本しかない大きくがっしりとした足は、まるで地面を蹴るように、雲を蹴って、高い空へとどんどん舞い上がるのでした。

『水仙なら、さっき見た。おぼえている。たくさん咲いていた。つれていってやろう』

はっきりわからない言葉で、そんな風なことをいったのがわかりました。

鬼は、獣のように喉を鳴らしながら、身振りで、自分の髪を掴むように、といいました。わたしは濡れてひんやりとした肩に腰をかけたまま、泥に汚れた長い髪を掴んで、鬼といっしょに星降る夜空を駆けました。息は白く、風はとても冷たかったけれど、夜景も、そして星空も美しくて、わたしは雪うさぎの帽子とマフラーをなびかせながら、夢を見ているような気持ちになりました。

どれくらい遠くまで駆けたのでしょう。

ふわりふわりと夜空を飛んで、鬼は、やがて、わたしを地面に下ろしました。

どこか暗いところ、街からは遠いところだったと思います。土と水と緑の匂いがしました。辺りはとても静かで、ひとの気配はありませんでした。

川の流れる音がしました。そして、良い香りがしたのも道理、そこには白い水仙の花が、一面に咲いていたのです。どこか知らない、大きな川の岸辺に、わたしと鬼はいたのでした。

わたしは懐かしくて、嬉しくて、その香りを胸いっぱいに吸い込みました。

そうして、やがて、夜が明けてきて、川面に霧が立ちこめるようになる頃まで、わたしたちはその川辺にいたのでした。

その頃にはわたしはとても眠くて、ふらふらしていました。なにしろそんな時間まで起きていることはあまりなかったからです。それとびっくりすることが続いたので、疲れていたのかも知れません。

ひんやりとした川霧の中で、わたしがうとうとしていると、優しい青鬼は、またわたしを肩に乗せて、ひょいひょいと空を飛んで、竜宮ホテルまで帰ってくれました。

いつのまに摘んだのか、腕いっぱいに抱えた水仙の花束といっしょに。

そうして屋上の温室のそばに、水仙といっしょにわたしを下ろしてくれると、ゆっくりといいました。

『さようなら』

その頃には、街にも、竜宮ホテルの屋上にも、白い朝の霧が立ちこめていました。かすかに海の香りがしました。

「どこに行くんですか？」

わたしは鬼を呼び止めました。

「ここにいればいいのに。誰も、あなたを追い出そうなんてしません。きっとここなら――」

『ここは、おれのいるようなところではない。おそらくは、違う』

ゆっくりと呟くと、まだ眠っている街を見渡すようにしました。はっきりしない言葉でいいました。

『とても美しい。とてもおだやかだ。ここはきっと天人の世界。天人の都なのだな』

「いいえ、ここは人間の街ですよ」

鬼は、ゆるく首を振りました。『ひとの世はこんなに美しくない』

そうして太い腕を不器用にさしのべると、わたしの頭を撫《な》でました。冷たい手で、優しく、そっと。まるでお父さんが小さな子どもにそうするように。実際、わたしが見上げると、鬼は牙の生えた口を笑みの形にしていたのです。

優しい目でわたしを見つめていましたが、その目には、うっすらと涙が浮かんでいるように見えました。

『思いだした。おれは鬼だった。ここにいてはいけない』

そして鬼は、夜が明けてゆく空へと、のろのろと身を乗り出しました。それは夜明の空へ飛び立とうとする姿にも、そこから身を投げようとする姿にも見えました。

そのときには、なぜでしょう。そのひとの姿は、まるで粘土でできた人形が、水に溶けてゆるんでいこうとしているところのように見えました。その形がゆるくだけてゆき、崩れていこうとしているところのように。

わたしは思わず、自分の首からマフラーを取ると、鬼の首にかけていました。だって鬼は、あまりに寒そうに、さみしそうに見えたのです。そして、良い香りのたくさんの水仙を貰《もら》ったのに、わたしには何もお返しするものがなかったからでした。

鬼は振り返り、くちびるをゆがめたような顔で笑うと、ありがとう、といいました。マフラーに顔を埋《うず》めるようにしました。

あたたかい。たぶん、そういったと思います。

そうして鬼は、不器用に、空へと足を踏み出しました。銀色に輝く霧の中に溶け込んでゆくように、屋上から姿を消していったのです。

日比木のお兄ちゃんが、屋上の花たちの世話をするために、上に上がってきたのは、それからどれくらい時間がたってのことだったでしょう。

わたしはお兄ちゃんに声をかけられて、そうして、夢から覚めるように我に返ったのですが、たくさんのたくさんの水仙の花は、屋上にそのままあって、良い香りを放っていて、わたしの白いマフラーは、屋上のどこにもなかったのでした。

あれから何日かたちました。その日の記憶が遠くなって行くにつれ、わたしは、あの夜自分が見たものは何だったのだろうと、やはり幻ではなかったのかと思うことも増えてきました。

だって、鬼なんて、現代日本にはいないものだろうし、と。

でも、あの日ふれた青鬼の肌のひやりとしたなめらかさや、盛り上がった腕の硬さ、泥で汚れていた肌や、長い角と牙を見た、というあの記憶は、どうしても、錯覚や気のせいだとは思えないのでした。巻いた長い髪をきつく掴んだ、あの感触もまだ、この指には残っているのです。さみしそうな、優しい笑顔も覚えています。

あれは一体何だったんでしょう。

あの朝の霧の中に消えた青鬼は、どこに行ってしまったのでしょう。

いつかまた、会えることがあるのかな。

もしまた、あのさみしそうな青鬼に会えたら、そのときは今度こそ、「鬼は内」とはっきりいってあげよう、お部屋に呼んであげようと、そうわたしは思い続けているのです。だってあのひとはもう、わたしのお友達ですから。

Ⓚ

その年の節分の頃、わたし水守響呼は、原稿の締めきりの関係で、徹夜を繰り返していた。

こういった行事を喜ぶだろうひなぎくのために、何とかその日のその夜だけは、ホテルのひとびとといっしょに、豆まきをしてあげることはできたけれど、そのあとすぐにまたパソコンの前に戻り、夜明近くまで、原稿に没頭していた。

なので、ひなぎくが部屋を出て行ったとき、気になりながらも、すぐに起きることができなかった。目覚めることはできた。ずっと前、子どもの頃に、母さんが、

「不思議なもので、同じ部屋で寝ているときに、響呼が起きると、母さんも目が覚めるのよ。まるで魔法みたいに」

と笑ったことがあった。「響呼と母さんの間は、愛情でできた魔法の糸みたいなものので繋がっているのかしら。素敵よね」

ロマンチストというか、少女趣味な母さんは、目をきらめかせて、嬉しそうにいっていたなあ、なんて懐かしく思い出す。そんな魔法みたいなことがあるのかな、とその頃は思っていたのだけれど、実際、わたし自身、ひなぎくが寝返りを打っても、ぱちっと目が覚めるようになってしまっていた。

何かの本で、母親というのはそういうものだと体験記を読んだことがあるので、大切な存在同士だと、魔法の糸のような何かが、二人の間に知らず結ばれていくのかも知れない。でもきっとそれは魔法ではなく、ほ乳類の親子や群れの仲間の間に生まれる何かのような気がしたけれど、でも、その不思議な糸の原理やシステムはどうでもいい、素敵なことだと思った。大切な者同士の間にそっとかかる、見えない糸なのだ。

家族になったってことなのかな、なんて、すこしくすぐったく、でも嬉しく思っていた。

その夜は、わたしは目が覚めただけでなく、わけのわからない、心の中が揺らめくような不安な思いもわいてきて、わたしはひなぎくが部屋を出て行った後、その予感に押されるようにして起き上がり、よろよろと彼女のあとを追ったのだった。とっさにショールをとってからだに巻いて、先を急いだ。部屋着のまま、寝間着に着替えていなくて良かった、と思った。

静かに廊下を歩いていった彼女の足音は聞こえなくても、エレベーターが動く音と、屋上の扉が開く音が聞こえてきたので、わたしは二月の夜の廊下の、人気のない、しんとした空気の中、ひなぎくのあとを追ったのだった。

まだよく目覚めない頭で、わたしは、ひなぎくはどうしてひとりで屋上になんて行くのだろう、と考えた。――まあ誰でも夜風に当たりたいときはあるし（立春とはいえ、まだ十分に真冬の二月だけれど）、このホテルの屋上から見下ろす夜景は美しいけれど（でももう丑三つ時だから、明かりも少ないはずで）、と、のろのろと考える。彼女もしっかりした女の子なのだし、普通の女の子じゃない、妖力を持つあやかしの子だし、心配のしすぎかなと思わなくもなかったけれど、その夜はなぜか、あの子をひとり、ほうっておいたらいけない気がしたのだった。

そうして、屋上にたどりつき、扉を開けたわたしがみたのは、夜風に吹き上がるようにして、空に駆け上がる、額に二本の角が生えた、青白い肌の大男と、その肩に乗ったひなぎくだった。謎の大男は、足が片方しかなかった。その足で、ひょいひょいと、まるで敷石でも渡っていくように、空に浮かぶ雲を踏んで、どんどん空を渡ってゆく。遠ざかる。

「ちょっと……」

みるみる遠ざかっていくその姿を呼び止めようとしたけれど、あまりのことにとっさに声が出なかった。――だって、「鬼」だ。たぶんあれは、鬼だ。昨夜は節分で、鬼が出る夜で、そしてあの姿。あれが鬼と呼ばれるものでなければ、いったい何だろうと思った。

もしかして、わたしが先祖に小説じみた因縁を持たない、普通の人間ならば。頭に角が生えていようが、夜空を駆けていこうが、鬼が出た、なんて思わないかも知れない。錯覚だ、幻視だ、と。

でもわたしは、多少訳ありの血筋に生まれ合わせた人間であり、先祖の因縁からすると、鬼の一匹や二匹、日本にいたとしてもおかしくない、と言い切れてしまうような人間なのだった。

「待って、ちょっとどこへ行くの？」

夜空を見上げて、わたしは叫んだ。

けれど、おそらくは、ひなぎくも、そして、鬼らしき何かも、わたしの声には気づかなかったろう。風が吹きすぎるように、ふたりの姿はあっというまに、目の前から消えていってしまった。

わたしは呆然として、屋上の端、ひやりとする鋳物《いもの》の手すりを摑んで空を見上げた。

西の地平線に、月が沈んでいこうとしていた。

夜明け前の暗い空を、どう見上げ、見渡しても、鬼とひなぎくの姿は見えなかった。

(わたしには空は飛べない……)

でも、地上を行けばいいんだ、と思った。エレベーターの箱に飛び込み、地上を目指した。

玄関の扉を開け、外に一歩出た、と思ったときに、うしろからひやりと風が吹きつけるような感じがして、『オネエサマ』『ひなぎくガイナイノ』二匹のくだぎつねが、首のまわりにまつわりついてきた。

『ワタシタチガネテイルアイダニ、ドコカニイッテシマッタノ』

『ヒトリデダマッテイッテシマッタノ』

『オルスバン、キライナノニ』

耳を伏せ、泣きそうな顔をしている小さな狐たちの頭を軽く撫でてやりながら、わたしは、道を急ぐ。

「あなたたち、ひなぎくちゃんがどこにいるかわかりますか?」

『ナントナクワカル』

『ゼッタイニワカル』

「よし、いっしょに探しに行きましょう」

『イコウ』

『サガシニイコウ、オネエサマ』

妖怪の子どもたちは、ぴんとひげを立て、夜明け前の暗い空を、風を切る音を立てて、飛び交った。


夜明け前の街、それも二月のこと。息をしていても、その呼吸が凍るように冷たくなり、胸の奥が痛くなるような、そんな時間だ。そこここに立つ街灯に照らされていても、辺りに人通りはほとんどない。繁華街の、お酒を出すようなお店が並ぶ辺りでも、その季節、その時間だともう明かりが消え、シャッターが降りているようだった。くだぎつねに導かれ、港のそばの三日月町辺りを巡ってゆく。遠くで、船の汽笛が聞こえる。沖の島々へ向かうフェリーかも知れなかった。

空気には海の匂いがして、朝靄の気配が漂ってきていた。夜が明ける頃には、この辺りは、海から這い上がる、ひんやりとしたミルクのような霧に包まれるのかも知れなかった。

この時間、ふだんならわたしはまだ起きて、部屋で小説を書いていたりするので、しんとした夜明け前の街を駆けていくと、どこか異世界をくぐり抜けていくような気がした。街はずれのこの辺りでは街灯も少なく、あちこちに建つコンビニや二十四時間営業のカフェ、古い交番の明かりだけが、まるで灯台のように、ぼんやりと街を照らしていた。

くだぎつねたちは、たまに、『コッチ』『コッチノヨウナキガスル』と、空を舞いながら、わたしを呼んだ。薄暗がりの路地を巡る内に、ふと、『コッチ、マチガイナイ』と、くだぎつねたちが、路地の一本のその先の方へ、光のような速さでまっすぐに飛んでいった。

まるで操り人形が糸で引かれるように、どうしようもなく、その路地の、少し先の曲がり角が気になった。くだぎつねたちは、そちらを目指しているようだけれど、ひなぎくの気配ではない、と思った。彼女はもうずいぶん遠くの空にいってしまったと、わたしの中の何かが確信を持って教える。耳元でささやくような声がしたので、風の精霊が気まぐれに教えてくれたことかも知れなかった。

でも街角にいるその誰かの気配は、どこかでひなぎくに繋がっているような気がした。そう、だから、くだぎつねたちはそちらに向かうのだろう。警察犬が捜しているもののかすかな匂いに引かれるように。

運動不足が祟って、息が荒い。急ぎ足でその角を曲がり、そして——。

そこにいたのは、長いコートのポケットに両手を入れて、空を見上げる謎の骨董商、「柳骨董店」の主、街のひとたちが呼ぶその名で書けば、「不可思議屋さん」だった。

わたしが声をかける前に、おや、と、そのひとは、柔和な表情で振り返り、会釈した。

「おはようございます、響呼先生。今日はずいぶん、早起きでいらっしゃいますね」

くだぎつねたちが、身を翻して戻ってくる。わたしの肩の辺りで、きゅうっと小さくなり、こわごわとした表情で、そのひとを見る。この子たちは、不可思議屋さんを怖がっていると、以前ひなぎくに聞いたことがあった。

不可思議屋さんは、店舗に併設された自宅で長年ひとり暮らしをしているらしいけれど、接客の時は愛想良く、心優しく、細やかな気配りをしてくれる店主、何よりたいそう子どもも好きで、この街の子どもなら、誰でもその店で遊ばせてもらったことがあるという、そんな人物だ。わたしは寅彦さんにそのひとの名前と逸話の数々を聞いたのだった。

興味を持って、ある日ひとりで店を訪ねた。

初めて会ったときにそれと知れた。そのひとはわたしと同じタイプの、半ば呪われたような、「あやかしを見る目」を持つひとだった。言葉にはしなくても、笑顔の陰に、背負っている重たいものの影がちらちらと見えたりもするようで。どこか片足を、異質な世界に踏み込ませながら、それでいてひょうひょうと、楽しく日常を生きているひとのようで。

それはお互い様、ということなのか、そのひとの方でも、こちらに多少の仲間意識を持ってくれたようだった。

なので、特に用がなくても、そこは、街に行くときは、ひょいとのぞいてみたりもする店になった。実際、謎めいた呪文めいた言葉が刻まれた石が売られていたり、もう手に入らないはずの海外の稀覯書《きこうしょ》がさりげなく売られていたりで、わたしのような作家が通い詰めるには、たいそう楽しいお店ではあったのだった。

普通に、店のあちこち、本棚の影や、戸棚の上に、小さな妖精が跳ねたり、あやしげなものの手がにょきっと生えてうごめいていたりする店であることには——あの店を訪《おと》なう、普通のお客様たちが気づいているのかどうかは、わからないところだったけれど。

　ただ、このひとは良くも悪くも得体が知れなかった。年齢もよくわからず、国籍すらも、判断しづらいところがあった。長身で高い鼻で、眼鏡の奥の目は銀に近い灰色だ。いろんな国の言葉を流暢《りゅうちょう》に話す。「柳《やなぎ》」という名字を名乗っているけれど、その名前も、客によって、ゆうと読ませたり、りゅうと読ませたりするし、そもそも本名なのかどうかわかりはしない。柳骨董店は、昔から街のそこにある。いつからあるのか記憶しているものは、不思議と誰もいない、と、寅彦さんは話していた。

　その不可思議屋さんに、丑三つ時の静かな街の、その路地であったわけなのだった。

　わたしは走り疲れてがくがくしてきた情けない膝を押さえながら立ち止まり、「おはようございます」と、何とか挨拶をした。

「あの、もしかして、うちの、ひなぎくちゃんを見なかったでしょうか？」

　当たり前のように、訊ねていた。

「ああ、それでしたら」

　当たり前のように、ゆったりと答えが返ってきた。「先ほど見ましたよ。飛んでいきましたね、空を」

「鬼といっしょに？」

「はい」

わたしは息を整えて、言葉を継いだ。

「どちらの方角に向けて、飛んでいったのでしょう？」

「南東、と見ました。妙音岳の麓の方ですね。あの鬼が来た方、彼が長く眠っていた方角に戻っていったのでしょう」

「妙音岳……」

わたしは、顔を上げ、そちらの方を振り返る。少しずつ明けてくる気配を見せてきた空の、街の上空の南東の方。

「というと、ええと、どうやって行けば……」

歩いて行くには遠すぎる。タクシーを、と考えて、財布を持っていないことに気づいた。まるでサザエさんだ。寝ぼけていた。

二匹のくだぎつねが、互いにうなずき合い、飛んでいこうとしたところで、不可思議屋さんが、静かにいった。

「なに、大丈夫でしょう。あの鬼はもう、ほとんど鬼ではないように見えました」

ポケットの中に入っている何かに、手をふれるようにしながら、穏やかに微笑む。

「感慨深い。それほど、長い時間がたったのですね」

「あの鬼を、ご存じなのですか？」

「ええ」

軽く彼はうなずく。「古いお客様に、ずっと頼まれている仕事ですので。でももう、今日で、それも終わりになるのかも知れません」

米を何度もとぐように、あの鬼の魂を洗い直してきました、と、彼は呟いた。

「それがわたしの仕事になるまで、何代も、何百年もかけて、あの哀れな鬼の魂は多くの者たちの手によって磨かれ、安らぐようにと祈られてきたのです」

そういって、ポケットから引き出したのは、折りたたまれた、古い紙に黒々と文字が書かれたもので、それを見た途端に、二匹のくだぎつねは高い悲鳴を上げて、わたしの背中に隠れた。

わたしの左目に光が飛び込んできたような痛みがあって、まぶしさに思わず押さえると、ああこれは失礼、と、老人はそれをまたポケットにしまい込んだ。

「魔を祓い、眠らせるための古い言葉です。これを使って、ずっとあの鬼を眠らせてきました。今更ご説明するのも不思議な気持ちがいたしますが、わたしは長くこういった仕事をしておりましてね」

「骨董品屋店主は、仮の姿とか？」

小説にありそうな話だ。安斎先生が書きそうな伝奇物の、と思ったとき、ふふ、と、老人は楽しそうに笑った。

「骨董の店も大事な本業ですよ。どちらも、若い頃からずっと続けてきた、わたしの仕事です」

ああ、そうだそうだ、と、不可思議屋さんは、コートのもう片方のポケットから、小さな古い手鏡を出して、わたしに見せてくれた。

「わからないのは心配でしょう。あの子がいま、どうしているかというとですね……」

銀製なのか、古びた細工の鏡の面《おもて》に、ふわりと、ひなぎくの姿が浮かんだ。一面の白い水仙の花の群れの中に立っている。眠そうだったけれど、笑顔だった。

くだぎつねたちが、鏡をのぞきこむようにして、尖った鼻面で、その匂いを嗅いだ。

『フシギ』

『魔法ノニオイガスルネ』

「魔法ですからね」

お天気の話でもするように、不可思議屋さんは、楽しげに言葉を返し、くだぎつねたちは、きゃあ、と叫んで、わたしの背中に隠れた。

そして、わたしの耳にささやいた。

『ひなぎく、水仙ノ花ヲミタイッテイッテタヨ』

『水仙ノ花ヲミニイッタノカモシレナイネ』

ネエ、ネエ、と、二匹でうなずきあった。

『ジャア、シンパイスルコトナカッタノカモネ』

わたしはくだぎつねたちの頭を撫でてやりながら、小さな鏡の中を再度見せて貰った。

ひなぎくは笑っている。そして、そのそばにいる、あの鬼の、大きな人影には、不穏な気配はまるでなかった。むしろ——注意して見ていないと、花の群れの中に溶け込んで見えてしまうほどに、邪気がなかった。邪気、というよりも——生気がまるでない。生きているものには見えなかったのだ。

「あの鬼は」と、静かに不可思議屋さんは、口を開いた。「元はあのように恐ろしげな姿をしていませんでした。数百年の昔、お伽話で語られるような時代の日本に生きていた、ひとりの強く優しい男、父親だったと、そう伝えられています」

「人間、だったんですか？」

「ええ。——そも、人間は鬼に近い存在。心に恨みや憎しみを抱いて死ねば、額に二本の角を持ち、長い牙を生やした姿に身を変えることもあります。そうしてそのたくましい腕でひとを殺し、家々を壊し、村を滅ぼしてしまうことも」

言葉を失ったのは、そのようにして醜いものに姿を変えたであろう魂を、たまに街で見ることもあるからだった。ひとはたぶん、自分たちで思っているよりも、魔性のものに近いのだ。

「遠い昔、この国がまだひとつの国としてまとまっていなかったくらいに昔のこと。とある山里にあった小さな村が、そばを流れる川がたびたび氾濫《はんらん》することに悩んでいたそうです。大雨が降るごとに、川の水が溢《あふ》れ、何度橋を架けても押し流されてしまう。しかしその橋がないと、村は孤立して、他の集落と物のやりとりができず、不便なだけでなく、いずれきっと滅びてしまう。土地のやせた貧しい村でした。山をいくつもこえる道がありはしましたが、それはけわしく細い道だったのです。

そんなあるときに、旅の薬草売りの父と娘が、山をこえて、その山里に通りかかったそうです。珍しく久しぶりの旅人でした。水仙の咲く時期だったといいますから、真冬の、いまくらいの時期だったのかも知れませんね。ちょうどその数日前にも、架けたばかりの橋が氾濫した川に押し流されたところでした。

村の神社の神主が占い、『人柱をたてると良い。そうすれば、未来永劫二度と流れぬ、立派な橋となるだろう』――そう託宣を受けた、まさにその直後のことでした。薬草売りの親子の、その父親は、夜のうちに村人にとらえられ、夜明けとともに、新しい橋を建てる、その土台の下に、生きたまま埋められたといいます。それがですね、その父親があまりにも大きく強く、ひどく暴れるもので、片足を切り落とし、それでやっと土に埋めることができた、と。

　幼い娘の方は、土には埋めなかったものの、木の箱に入れて、犬や猫の子を捨てるように、川に流したそうです。濁った川に、折れた水仙の花が流れてゆく、その中を埋められていく父親を見ながら、流されていったとか」

「なんてひどいことを」

　わたしは自分の手を握りしめた。「どうしてそんなにひどいことができたんでしょう」

　よそ者だったからですよ、と、不可思議屋さんは、淡々と答えた。その答えがわかっていて、でもわたしは訊かずにいられなかったのだ。

「親子が旅人で、見知らぬよそ者だったからでしょう。ふたりは村の人間ではなく、そうして異国の血を引く者たちで、おそらくは外見や言葉もいくらか違っていた。大陸や半島から、いろんな国々のひとびとが、うち続く戦乱を逃れ、進んだ文化を持って海を渡ってきていたりもした、そんな時代の話と聞いています。そして、そうせざるを得ないほど、その小さな村は貧しく、追い詰められていて、そして託宣を疑わないほどに、この国、日本が、文明や文化のまだ発達していない時代の出来事だったわけですね」

現代の世界でも、不幸にして、文明の明かりに照らされていない国や街ではありそうな出来事だなあと、わたしはぼんやりと思う。いや、いまの時代の都会にだって、あやしい宗教やあり得ない奇跡に騙されるひとびとはいる。

世界には魔法も奇跡も在るけれど、まがい物の魔法を信じた愚か者に、奪われ、消費されていく魂もあり、聖なる存在を騙《かた》る者の言葉に騙されて、無駄に使われる財産もある。まがい物の奇跡は、けっしてひとを幸せにしない。それなのに。

人間が宇宙に羽ばたく時代に、いまだ文明から遠い世界に生きているひとびとも存在するのだ。人柱をたてていた時代は、意外とそう遠い過去のことでもないのかも知れない。

低い声で、不可思議屋さんは物語を語り続ける。

「その親子から薬草を買い、貧しい村なりの、精一杯の料理や酒でもてなして、温かい布団に寝かせた、そのあとのことだった、と伝えられています。

まあ酷い話で、裏切りもいいところなんですが――考えようによっては、それがせめてもの貧しい村のひとびとの償いであった、といえないこともないのでしょうね。幼い娘を父親から引き離し、箱に入れて流したという事実も、村人たちが、せめてこの子だけは助けよう、この子までは殺せない、と思った、ということかも知れませんし」

いまとなっては、当時の村人たちの思いなどわかりません、と、不可思議屋さんは言葉を付け加えた。村人たちのその思いを後の世に伝えるものは、誰ひとりいませんでしたからね、と。

「その場所に建てられた橋は、どんな豪雨にも負けず流れない、立派な橋になったそうですよ。――ただね、肝心の、その橋のそばにあった村はもう跡形もないそうです。生き埋めにされた旅の薬草売りの、その魂が鬼となり、その村と、辺りの村を滅ぼし尽くしたからです。だからねえ、いまでも、この国のどこか、山の奥にその橋だけが、蔓草や蔦にからまれて、静かに建っている、という話です。人間の気配のまるでない、野鳥がさえずり、野の獣たちが走るような静かで穏やかなところに、橋だけが、ね」

皮肉な話だ、と思った。ある意味神主の予言は当たり、『未来永劫二度と流れぬ、立派な橋』はできあがったということなのだろう。そこを渡るひとが誰もいないというだけで。

「鬼は、ひとの心を失ったまま空を駆け、風が吹くままに行き着いた里を襲い、ひとを殺して喰いつくし、さまよいました。長い時をさすらいつづけ、やがてはるばると、この風早の辺境、妙音岳の麓にたどりついたところで、山に修行に来ていた行者にその術で倒され、川辺に埋められたのです。それもまた、水仙の季節、鬼が埋められた川辺に水仙が群れていた、といいます」

「川辺に……」

さっき、鏡の中に見た情景が目に浮かぶ。ひなぎくが立っていた水仙の野原は、大きな川のそばの情景に見えた。

「しかし、それで終わりにはなりませんでした。それから数百年、実に現代に至るまで、鬼は水仙の咲く時期が巡ってくるごとに、川辺の土から蘇ろうとしたのです。――けれどね、そのたびごとに、わたしのようなものたちに声がかかり、鬼の魂を封じ、なだめて眠らせて、また土に埋めてきたのですよ。

わたしの場合、およそ四十年ほども、その仕事をはたしてきたことになりますか。四十数回の水仙の季節。あの鬼とも、長いつきあいになりました」

「『声がかかり』とは、その、どなたから?」

「鬼の末裔たちからです」

「え」

「木箱に入れて流された幼い娘は、川下の都で拾われ、縁あって貴族の家に引き取られて、姫君として大切に育てられたのです。幼いなりにどんな不幸が自分たち親子を見舞ったのか覚えていた。そうして、長じるにつれ、自らの父親が鬼になったと知って、そのことを悲しみました。ひとを使って鬼の消息を訊ね、そしてやがて、旅の行者が鬼を風早の辺境の川辺に封じたと知ってからは、鬼の心が休らうようにと遠く見守り続けたわけです。子々孫々、いつの時代も。——巡り巡って、縁があり、その仕事をわたしも受け継いだ、というわけです。

そうしてこのわたしで、どうやら鬼の魂の浄化も終わったようですね」

ふう、と、不可思議屋さんは、深い吐息をついた。長かったですね、と呟いた。

不可思議屋さんは、空の一角を指さした。空はもう、地平線の東の方が、明るくなってきていた。夜が明けようとしているのだ。

そこに、さっき竜宮ホテルの屋上で見た、あの青白く大きな鬼が、ひなぎくを肩に乗せて、飛んでいた。ひなぎくは楽しげにくつろいだようすで、そして、夜明の雲を踏み、軽々と空を舞う片足の鬼の姿は、どこか天人が衣をなびかせている姿にも見えた。美しくさえ見えたのだった。

『ひなぎく』

『ひなぎく』

二匹のくだぎつねは、その名を呼んで、空へと舞い上がった。鬼のあとを追う。

「もうじきに、あれは空気に溶け、水に流れ、土に混じります。そうして、新しい命として、やがてどこかに生まれ直すことでしょう」

空の雲は、その端の方から、金や銀の糸に縁取られるように光を孕《はら》んでゆき、やがて空は、二月の朝を迎えた。

まだまだ冬で、きりりと冷えているけれど、光の向こうに、春の気配を孕んでいるような、そんな朝の光が、街を包んでゆく。透きとおる風が吹く。

くだぎつねの一匹が矢のような速さで戻ってきて、わたしの肩にとまる。耳元で叫んだ。

『ひなぎく、水仙ノ花トイッショニ、ほてるニカエッタヨ。屋上ニ、イッパイノイッパイノ、水仙ノ花ダヨ。ヨイニオイダヨ』

不可思議屋さんが、微笑んだ。

「節分が過ぎました。古い年が終わり、新しい時の巡りが始まりましたねえ」

胸の奥から響くような、深く優しい声で、そのひとはいった。

繁華街の外れ、港のそばのこの辺りは、いわゆる夜の街である。夜が明けるにつれて、かすかにお酒の匂いが漂う街は眠ってゆく。街がそのまぶたを閉じるように、あちらこちらでまだ開いていた店のシャッターが降りる音がする。

わたしと不可思議屋さんは、港のそばの街を離れ、駅前商店街へと、ゆっくりと歩き出した。

「わたしね、思うんです」

先に立って歩きながら、静かに彼はいった。丸い眼鏡の奥のその目元に朝の光が当たると、くっきりと刻まれた皺がめだつ。

「いまの時代になって、人間は無くした物が多い、過去の時代を懐かしんで、いまではあれもこれも無い、みんな滅びてしまったと指を折って数えるひとびともいるけれど、でも、悪いことばかりじゃないんじゃないのかな、と。

明るい文明の光の下で、知らなかったことを知り、得た物も多いでしょう。

なぜって、いまじゃあもう、人柱なんて野蛮なことをいいだす人間もいないでしょうし、多少見た目が違うからと、異国からきた者だ、よそ者だからと、誰かが公然と命を奪われることもないと――少なくとも、それは間違っている、と、声を上げる人間は多い時代になったと思うんですよね。文明の光、科学の光が、世界を照らしている。知ることを望む者には、いくらでも好きなだけ、知識を貪ることができる時代になりました。迷妄で野蛮な時代は過ぎ去り――あるいは過ぎ去りつつある。そもそも、身内と他人とで命を天秤にかけなくてはいけないほどの貧しさとは無縁に生きられる状態が、この国では増えたろう、それはやはり、救いだと思うのですよ」

朝の光の中で、わたしを振り返り、笑った。

「なんてことを、一応はあやかしではなく、人間の側にたつわたしのようなものがいってはいけないのかも知れませんが」

わたしもうっすらと微笑む。同じことを考えていたからだ。

朝の空に、飛行機が飛んでいる。翼が日を受けて輝いた。わたしは目を細めて、いった。

「いまの時代、わたしは好きですよ。この時代に生まれ合わせて良かったと思っています」

天人のように空を駆けていた鬼は、街に降りそそぐ光の中で、大気に溶けていくのだろうか。水の雫となって川に流れ、やがて雨になり、地に降りそそぐのだろうか。

多くの者を手にかけたことも、恨んだことも憎んだことも、怒りも哀しみもみんな浄化され、ただ平和な気持ちのままに、この時代に溶けていくのだろうか。そうして今度は、この時代で、自由に幸せに生きるのだろうか。

今度は、もう鬼になることはなく。

どこから飛んできたのだろうか、季節外れの、小さな白い蝶がひらひらと楽しげに舞い、透明な風に吹かれるようにして、青い空に舞い上がっていった。光でできたように、輝く羽をひらめかせている蝶は、何かを探すように、軽やかに朝の空に羽ばたいてゆく。幼い少女が踊るような、そんな愛らしい姿だった。

「蝶はひとの魂だといいますね」

静かに、不可思議屋さんが呟いた。

遠い日に生きた姫君が、父親の魂を迎えに来た姿のような——同じことをたぶん、そのときわたしたちは考えていた。

「春が来ますね」

「そうですね」

わたしたちはうなずきあい、そのあとはとりとめもない会話を続けながら、明けて行く駅前商店街を歩いた。わたしたちの街は、これから一日が始まる。

商店街の突き当たり、老舗の大きなお花屋さんが、店の前に大きな器を出し、白や黄や、いろんな色と形の水仙の花を、一面に生けていた。朝の光の中で、花たちは良い香りを放ち、春を待ち望みながら、楽しげにうたっているように見えた。

第二話　椿一輪

「ちゃんぽん食べましょうね、ちゃんぽん」

こぐま座書店の担当編集者、小窪《こくぼ》さんは、その九州のとある県に行くことが決まったとき、喫茶店の向かいの席で目を輝かせた。

風早駅前のその店からは、駅ビルの前にたつ大きなクリスマスツリーが見える。時折、流星のようにきらめいて走る電飾の光が美しかった。駅ビルの中の喫茶店やカフェの、店内BGMはもうずっと、クリスマスソングのようだった。

「あと、あの県でしたら、お刺身とか、その辺りも押さえたいです。素材が新鮮だから、回転寿司が安いのに美味しいって、以前出張に行った上司から聞いたことがありますっ」

テーブルに両手をついて、強く主張する。高く結ったポニーテールが肩の上で揺れる。

テーブルに並んでいる、かわいらしく盛りつけられたパフェと、古風な白いティーカップがよく似合う、可憐な感じの編集者だ。

「お土産は、カステラと干物にしましょうね。あ、手作りの焼き菓子が美味しいお店があるって、前にネットで読みました。スイスから来た若奥様が、お店でクッキーやケーキを焼いてるんですって。——何てお店だったかな」

打ち合わせの席のテーブルの、手元に置いていたスマートフォンで、早速検索を始めた。

ふわふわしたピンクのモヘアのセーターと合わせたような、愛らしいピンク色のカバーを着せたスマートフォンは、一皮むけば、どこかの国の兵隊さんが使っているような、丈夫な機種なのだそうだ。この担当編集者は、外見は小さくかわいくて、仕事も児童書の編集者なわりに、休暇が取れれば海外に行く、慣れたバックパッカーだった。意外なたくましさとしたたかさで有名な編集者だ。

「わたしね、いざというときは、泥水をすってでも生き延びますから」

が口癖《くちぐせ》で、悪運が強いのも自慢だそうで、なので、安心してつきあえているところもある。わけあってわたしのそばにいるひとびとには、身近にいて親密につきあえば、不幸や事故が訪れることもあるようなので。

彼女と仕事をするようになって三年。どういう守りがあるものか、たしかに彼女は健康なまま、何の事故にも遭わずに元気だった。

その辺りの事情については、実はその後、面白い話を聞いたのだけれど、それはまた、次の機会にでも物語ることにしようと思う。

小窪さんは、学生時代から、アルバイトで編集の仕事をして、卒業後はそのまま社員になった。わたしの前ではかわいらしくにこにこしていることが多いのだけれど、こぐま座書店のオーナー社長や後継ぎの編集長にもひるむことなく発言してゆく、強気な編集者らしいと他の著者に聞いたことがある。

「強気なチワワみたいな子ですよね。ふわふわのロングヘアーチワワとか、ポメラニアン」

そう聞いたとき、つい笑ってしまったものだ。うまいことというなあと。笑ってはいけないと思うけど、まあかわいいたとえだといえないこともないから、いいのだろうか……?

無敵な彼女の唯一の弱点は、寝ないとだめなこと。ロングスリーパーのようだし、とにかく長時間寝ずに起きていることができない。無理に起きていると、はっきりと不機嫌になるし、夜中に電話で打ち合わせをしていると、途中で気絶したように寝てしまうので——こちらで気をつけようと思うようになっていた。

編集者は、それもきちんとした本を作れる編集者は、仕事をしていく上で、何らかのハードな局面に出くわしたとき、「無理です」や「できません」という言葉は使わない。

いつでもその難題を自分が努力したり矢面に立ったり我慢することで乗り越えようとするので、こちらが無理させないように気をつけないといけないな、と、つとめて意識するようにしている。小窪さんの場合は、とにかく本人が何をいおうと、休ませて、寝かせなくてはいけないのだ。

それはそれとして、小窪今日子《きょうこ》は、美味しい物にうるさい若手編集者だった。いつもそちら方面に向けてレーダーのアンテナが回っている。辛い物もかなりいける口で、ビールも大きなジョッキでがんがん飲むお嬢さんなので、あれもこれもあのからだの一体どこに入るんだろうと思う。ビールと焼き肉とケーキが大好物なはずなのに、アルコールも脂身も甘い物も、おなかまわりの脂肪にならないラッキーな体質なんだろうか。うらやましい。

「いやわたしはグルメ旅行に行くわけじゃないですから。図書館に呼ばれて講演に行くんですよ」

わたしは打ち合わせの内容を書きこんでいた手帳を閉じながら、苦笑する。二杯目の紅茶をポットからカップにつぐと、湯気と一緒に、ふわりとよい香りが立った。来年、彼女と三冊目の本を作ろうという話になっていた。

小窪さんは、首を横に振った。

「滅多に行かない遠距離の地に、飛行機に乗って足を伸ばすからには、現地のご馳走をいただくのも取材だと思います」

「そういうものでしょうか？」

「そういうものですよ。作家にとって貴重な経験です。一緒に行く担当編集者にとっても」

セーターの胸を押さえながら、ていうか、と、小窪さんは小首をかしげる。

「響呼先生が遠くに行かれることも、講演で人前に立つことも、たぶん珍しいですよね。いつも、そういう声がかかっても、お断りになってるんですか？」

「ああ、そういえば、引き受けることは珍しいですね。でも、わたしはそこまでメジャーな作家じゃないですし、どちらかというと、少数精鋭の熱心な読者さん相手のお仕事ですから、あまりイベントごとに声がかかることもないですよ」

人間嫌いというわけではないけれど、もともと人前に出ることはあまり得意ではないし、積極的に人間関係を構築しながら仕事をしようとするタイプでもない。

でもわたしが呼ばれたその講演会は、新築された大きな市立図書館が主催のイベントの中のひとつで、そのイベントは、市の書店も共同で盛り上げる、本が好きなひとたちのお祭りだという話を聞いて、興味を持った。

二週間もの長い期間、建てられたばかりの立派な図書館の、優れた機能を紹介したり、児童館で読み聞かせを行ったり、十代の子たちが、流行のビブリオバトルをしたりするらしい。古本市が立ったり、さまざまな本をテーマにした講演会やトークショー、コンサートもあるらしい。

わたしにと希望された講演のテーマは、「本への愛」だった。自分がどんなに本が好きか、なぜ好きなのか、その思いを語ってもらえれば、ということだった。それなら何とか話せるかも知れない、話したい、と思った。講演なら、過去何回か、流れで引き受けたことがある。上手だとは思っていないけれど、原稿を書いていけば、一応は大丈夫だろう。

子どもの頃からずっと本という存在に助けられてきた身であり、いまは本を書く側でたつきを得ている人間としては、そういう場面で役に立つことができるのなら、少しでも恩返しを、とも思った。ほんとうは客としてイベントに参加したいくらいだけれど、あいにく、そうするまでには時間が無く、イベントの日に現地に入って、翌日の朝には帰らなくてはいけないだろうと思われた。

（行きも帰りもちょっとばたばたしそうだけど、でも、行きたいなあ）

行きたいと思った何よりの理由は、その県のその市に、長年わたしの本を大切に売ってくださっている書店さんがあることを思い出したからだった。

泉屋書店。

繁華街から少し離れた場所にある、海が見えるような坂の上に、木々や花々に囲まれて、小さく古い本屋さんがあるらしい。初老の店長さんと猫一匹だけが守っている店だ。

その店長さんが、拙著をとても好きでいらして、もう何年になるのか、新刊が出るごとに感想の手紙をくださるのだった。こんなPOPを書きました、こんなふうに並べて売っています、お客様にすすめたら喜んでくださいました、という内容を、丁寧で楽しそうな文面でしたためてくださるのだった。写真を添えて送っていただいたこともある。

このひとはわたしの本も好きでいてくださるのだろうけれど、本そのもののことが大好きで、一冊一冊を大事に売っていらっしゃるんだろうなあ、と、いつも思っていた。

子どもがふたりいるけれど、ひとりは嫁いで遠くにゆき、もうひとりも遠くの街で働き、家庭を持ち、数年前奥様を病気で亡くしてからは、ひとりで店を続けている、と、そんなこともいつかの手紙に書いてあった。

いい感じに年を経た、古い小さな建物と、古びた木の棚、丁寧に愛情を持って並べられたたくさんの本と、店の中を好き勝手に歩いているらしい猫が良くて、いただいた写真を、何度も手に取ってみたりしていた。

わたしは仕事に常に追われているので、毎年は難しかったけれど、書けるときは年賀状や暑中見舞いを出したり、新刊にサインを入れて送ったりもした。そんなときは、とても恐縮そうな、でも嬉しそうな手紙が返ってきたりもしたものだった。庭で穫れましたから、と、枇杷や、梨、山ほどの蜜柑《みかん》や夏蜜柑をいただいたこともある。田舎を持たないわたしには、どこかしら里からの懐かしい品のようにさえ思える、そんな贈り物が何回も届いた。

（一度、お店にうかがいたいって思ってたんだ）

一度ぜひ、うちの店へ、こちらへ足を運ばれた折には、と、手紙に書いていただいていたのだった。でもなかなかその機会が無いまま、日々が過ぎていた。せめて、と思って、ＰＯＰや色紙を何枚か書いてお送りしたことがあるけれど、正直、字にあまり自信が無く、さりとて絵心があるわけでもないので、落款で誤魔化すような、いまひとつなものを書くことしかできていなかった。それでも、泉屋さんは喜んで、お店に飾ってくださっていたようなので、申し訳ないばかりだった。

だから、今回の講演会の話があったとき、そこへ行けば、少し足を伸ばして、泉屋書店さんにも行ける、と思ったのだった。その街には行ったことがないので、距離感がよくわからないけれど、その店の位置をネットで調べてみると、講演が行われる図書館から、そう遠いところのようにも思えなかった。ごく近いようにも見える。

それに、市内の書店のそのほとんどが参加しているという、大がかりな本のイベントだということは、そもそも講演会のその場で、泉屋さんに会えないとも限らない。それはとても楽しいことのような気がした。

(事前に連絡をしておいた方がいいかな)

葉書を一枚出しておくとか。忙しそうな方だし、お会いできそうならお返事くださ い、という感じでいいのかも。それか、当日お会いしましょう、とか、そういう文面で。

泉屋さんは機械類は苦手だそうで、メールで連絡がとれないお店だった。

書店さんの場合、こちらの想像以上に忙しいので、いきなり訪ねていくと迷惑になることもある。急な訪問や無理な訪問は、差し控えた方がいいのだった。

（うん。久しぶりに葉書を出そう）

店の住所はわかっていた。

わたしはいまの場所に住むようになる前に、訳あって、前住んでいた部屋にあったものを一切合切無くしてしまったのだけれど、泉屋さんからの手紙は一通だけ、手元に残っていた。届いたばかりだった手紙に同封されていた、お店の写真がとても気に入って、仕事用の手帳にはさんでいたからだ。いつも持ち歩いている手帳といっしょだったから、その手紙は無事だったのだ。

窓ガラス越しに、大きく茂った椿の木と空が見え、エプロンを着けた泉屋さんが笑顔でこちらを向いている写真。そばには小さな灯油ストーブと、ストーブの前に置かれた椅子には年老いた三毛猫が一匹。それとピースサインをしている子どもたち。小さな常連さんたちなのだろうか。窘《たしな》めるような表情の、少し年長の子どもたちも写真には写っている。街のひとたちに愛されている店なんだろうなあ、と、微笑ましくなるような、古い小さな書店の、ある日の光景を切り取った写真だった。

本がぎっしりと並んだ店内と清潔そうな木の床。お客様に撮っていただいた写真です、と写真の裏に書いてあった。

いつもわたしの本を良い場所で売ってくださっていた、そのことにもお礼を申し上げたいし、何より、あの綺麗な、椿に囲まれた、平和そうな場所に立ってみたかった。

窓の外に見えるツリーで、わたしの心と一緒に、はずむように光が躍る。

「小窪さん、わたし、向こうで一軒だけ行きたい書店さんがあるんですが……」

今回の九州への旅は、小窪さんといっしょになる。彼女には事前に話しておかないといけなかった。

小窪さんは、その書店の名前を知らなかった。無理もないのかも知れない。昔より減ったとはいっても、全国に書店は一万数千軒もあるといわれているのだ。出版社のある東京から、遠く離れたところにある、小さな書店となれば、何かで話題にでもならない限りは、知る機会はないだろう。

小窪さんは、申し訳なさそうに知らなかったことを詫び、営業のひとに訊ねておきます、と答えてくれた。

年が明けて二月の終わり、わたしと小窪さんは、飛行機に乗って、その海辺の街へと旅立った。午後からのイベントとはいえ前日入りしたかったけれど、やはりその日の朝でないとわたしも小窪さんも旅立てず、早朝の出発になった。

小窪さんは、ちょうど作っていた、他の著者さんの絵本の校了と重なったそうで、目の下に落ちくぼんだようなくまがある状態で、空港に現れた。案の定というか、搭乗して、座席についたと思った途端に、かくんと眠ってしまっていた。

「あらら」

打ち合わせするようなこともないし、そのまま寝かせておくことにした。

そしてわたしは足下の、前の座席の下に置いたバッグから、ごそごそとノートとペンを取り出した。色紙を書く練習をしなくては。

(えーと、猫、猫を描くのよね)

満ちる先生に貸して貰ったサインペンで、ノートにうにうにと線を描いていく。満ちる先生の描いたお手本を見ながら描く。一生懸命に、似せて描こうと努力する。

駄目だ。とても猫にはならない……。

十日ほど前のことだったと思う。

わたしは、字にも絵にも自信が無い、まともな色紙が書けない、と、竜宮ホテルのロビーでばったり会った満ちる先生に愚痴った。

そのときちょうど、泉屋書店さんに、色紙を書かせていただきたいなあ、と考えながら歩いていたので、つい口をついて出てしまったのだと思う。日に何度も思い出してそのたびに頭を抱えてしまう程度には、自分に色紙を書く才能が無いことが悩みの種だった。

満ちる先生は売れっ子少女漫画家で、いつもセンスの良い、綺麗な色紙を書く。彼女の顔を見た途端、それを思い出したのだった。

あんなにうまい色紙が書けたらいいのに。貰う書店さんだって嬉しいだろう、と思ったのだ。

「ふふん。そういうのわたし得意なの。よかったら、書き方を指導してあげましょうか？」

わたしの返事も聞かないで、自分の部屋に駆けていった。そして風のように戻ってくると、ロビーに置いてあるソファの方にわたしを呼び、部屋から持ってきたスケッチブックを広げて、いった。

「はーい、先生、字をここに書いてみて」

満ちる先生は、そのときわたしに自分のサインペンを差し出したけれど、とっさに遠慮したのと、そのときわたしは外出からの帰りでバッグに筆記用具を入れていたので、書き慣れたボールペンをとりだしたのだった。

「字って、あの、何を？」

「じゃあまずは、名前書いてみましょうか」

「名前、ですか？」

ふだんスケッチブックに字を書くことなんてないので、どの辺にどう書いたらいいのかまずそこから迷ったけれど、とりあえず左上辺りになるべく丁寧に書いてみた。

「自信が無いって、どういう意味なのかな——って、あらたしかに先生、字が下手ねえ」

ぐさりと言葉が突き刺さる。このひとはいいひとなんだけど、いつもほんとに容赦というものが無い。

「字が下手っていうか、紙に書くことになれてないのね。線の太さと紙の質と、字配りで、かっこよく書けたりするのよ」

「かっこよく……？」

「作家は習字の先生じゃないから、なんとなく味がある字を書ければいいと思うのね。先生のこの字の書き方だと、そうねえ。この柔らかめのサインペン使ってみて」

いわれるままにそれで名前を書いてみたら、前よりはそれらしいものが書けた。

「色紙書くときって、編集さんや書店さんから、筆記用具を色々差し出されると思うのね。そのときに、なるべくでいいから、紙の面積に対して、バランスが良くなるような太さのペンを選ぶようにするといいのよ」

「なるほど……」

売れっ子漫画家で、書道の有段者はいうことが参考になるな、と素直に思った。

「あとは猫ね」

「は？」

「字だけだとつまらないから、猫の絵でも余白に描くといいと思うの。作家で猫の絵を色紙に添えるひとって意外と多いみたい」

「ああ、たしかに」

書店で、他の先生の色紙を見ると、さりげなく猫が描いてあるのによく出くわすような気がする。

「色紙の端に、何だかかわいいものが描いてあれば、多少字があれでも、そっちに目が行くと思うのよね。ささっと描けるようなシンプルな猫をデザインしてあげるから、響呼先生は、それを練習すればいいと思うの」

満ちる先生は、にっこりと笑った。

満ちる先生は、その日の夜には、「ささっと描けるようなシンプルな猫」をデザインしてくれた。

ロビーのソファで新聞を読んでいたら、「できたわよ」と、得意そうな笑顔で白い紙に描かれた猫の絵を配達に来てくれた。

つぶらな瞳の猫だ。ひげが三本ずつ左右に生えている。毛が長くて、そのせいで四本の足が短く見える。しっぽをぴんと立てて、何やら楽しげに立っているポーズだった。

わたしの横で童話の本を読んでいたひなぎくが、かわいい、と声を上げた。

わたしも目を見張った。

「わあ、すごい。さすが。かわいいですねえ」

「でしょう?」

胸を反らして、満ちる先生は笑った。

「かわいいだけじゃなく、なるべくかんたんに描けるように工夫したシンプルな猫よ?」

彼女は人差し指を立ててうなずき、

「さあ、描いてみましょうか」

と、スケッチブックを差し出した。

わたしはうなずき、お手本を見ながら、がんばって猫を描いた。

「…………」

「…………」

わたしの手元をのぞきこむふたりが、なぜだろう、さっきからずっと黙りこんでいる。

わたしは黙々と、紙の上に猫の絵を増やしていった。似せるのがなかなか難しい。

ほんとうにこれでシンプルな猫なんだろうか？

ひなぎくが、やがて、とても優しい表情で笑った。

「お姉様の絵は、個性的だと思います。とってもかわいい……かわいい、猫さんですね」

満ちる先生が、腕組みをしていった。

「それ、猫じゃないわ。海牛《ウミウシ》だと思う」

「…………」

わたしも深くうなずいた。

「自分でも、これ、何だか猫じゃないなあ、って自覚はありました……」

しばらく三人でスケッチブックを見て黙り込み、やがて、ひなぎくが明るくいった。

「お姉様。かわいい海牛だからいいじゃないですか。あの、わたし、本物は見たことないですけど、テレビや図鑑で見た海牛は、かわいいと思いました。きっと海牛好きなひとが、色紙を見て、喜んでくれると思います」

「そうかしら……？」

いわれてみれば、わたしも別に海牛は嫌いではない。

ひなぎくとふたり、なごやかな気分で笑っていると、満ちる先生が、ぶんぶんと首を横に振った。

「色紙に海牛を書くファンタジー作家がどこにいるっていうのよ？　そんなのわたしがみとめません」

「でも、猫って描いてみたら難しくて」

「練習あるのみ」

綺麗な色紙を描きたいんでしょう？　と、満ちる先生は、わたしの目を見ていった。

そういわれてみると、たしかにそうだった。

海牛の絵が添えてある色紙なんて、あの素敵な泉屋書店さんに飾っていただくのは悪い気がする。

ちょうど、原稿の締めきりが間近にはない時期だった。わたしはそれからせっせと猫の絵の練習を始め――。


いま、飛行機に乗りながら、まだスケッチブックに、海牛の絵を量産していた。

さっき、飲み物を配りに来た客室乗務員さんが、わたしの手元をのぞきこんで、

「まあ、かわいい……かわいい絵ですね」

と、にっこり笑って去って行った。

描かれている生き物の名前を当てる自信が無かったのだろうと思う。

わたしは肘掛けに頬杖をつき、ふうとため息をついた。

満ちる先生は、最終的には、

「ある意味、この『猫』は響呼先生にしか描けない猫だと思うから、まあその、色紙にはちょうどいい絵なのかも知れないわね」

優しいような優しくないようなことを、いってくれた。

(泉屋書店さんに差し上げる色紙の、その一枚だけでいいから、かわいい猫が描けるといいなあ)

今日は、講演の後で、泉屋書店さんを訪ねてみるつもりだった。その予定は変わらない。ただ、筆まめな店長さんだったのに、わたしが出した葉書への返信がまだ無かった。

もう来るだろうと思う内に、日数が過ぎ、出立の日になってしまったのだ。

（お忙しいのかなあ）

気になったけれど、せっかく彼の地にゆくのなら、のぞいてみるくらい許されるかな、と思い始めていた。忙しそうだったら、色紙だけ置いて帰るという手もある。

——置いて帰りたいと思えるほどに、上手な猫の絵が描けるといいのだけれど。

窓の外には、ふわふわの雲海が見えた。曇ることのない高さの青空には、澄んだ光が満ちていた。天国って、こんなところなのかなあ、と、疲れた目をこすりながら思った。

静かで、澄んでいて、美しいところ。

（泉屋さん、クリスチャンだって前に手紙に書かれてたっけ）

クリスマスの礼拝の様子を撮影した写真の絵葉書の裏に、青いボールペンで書いてあった。カソリックの、綺麗な教会の礼拝。レースを頭にかけたひとびとが手を合わせて並ぶ姿。あの美しい葉書はもう手元に無いけれど、筆跡と書いてあったことは覚えている。

亡くなった奥様もクリスチャンで、生前はふたりで教会にいっていらした。奥様が目を閉じて祈る姿は美しくて、マリア様のようだといつも思っていた、と、小さな字で、少し照れたように書いてあった。


飛行機はやがて、海の上の島にある飛行場に降り立った。少しだけ弾むように着陸しても、隣の席の担当編集者は首を折って寝たまま、死んだように目を開けなかった。

「小窪さん、着きましたよ」

「はい？」

え、もう着いたんですか、と、彼女はシートベルトをしたまま、立ち上がろうとして、ぎゃあ、と悲鳴を上げた。

「すみません、国内線は乗り慣れなくて」

まだ寝ぼけている彼女と一緒に、わたしは上の棚から荷物を下ろした。わたし自身は滅多に長距離の移動をしない。つまり飛行機にも滅多に乗らないので、いろいろとわからないし、珍しい。

飛行機を降り、かわいらしいデザインの空港へと通路を歩いていると、小窪さんは、目をこすりながら、ゆるく首を振った。

「何だったでしょう。わたし、響呼先生に、お伝えしなくちゃいけないことがあったような……気がするんです。でも出てこなくて」

ふわりとあくびをした。

「いいですよ。思い出したときで」

わたしは笑った。

「……そうでしょうか」

小窪さんは呟《つぶや》き、うつむいて、自分の目元を揉《も》むようにした。

「なんだかとても――とても大切なことだったような」


新しい図書館は、繁華街に比較的近い、官公庁が集まっているような場所にあった。コンクリートとガラスで無造作に造られたような都会的なデザインの建物の壁には、まるでつくりものの緑のように、たくさん蔦が垂れ下がって、風に揺れていた。屋上には小さな公園とビオトープがあるのだそうだ。

自然の力を借りて、建物を冷やそうという、そういう工夫なのだと聞いた。

その説明を、館長室でお茶を出されて聞いているとき、窓の外に、まさにその蔦の精霊たちが緑色の衣装をまとった小さな少年少女の姿をして、にこにこ笑っていた——のだけれど、おそらくは、あの部屋にいた中で気づいたのは、わたしだけだったろうと思う。

小さな妖精たちは、得意そうに、ちょっと照れたように笑いながら、こちらに手を振ったり、館長さんに向けて変な顔をして笑わせようとしたりしていた。わたしがつい笑ってしまうと、館長さんが、何か？　と微笑んだので、困ってしまった。

そのあと、この本づくしのイベントのもう片方の企画者で、書店側の実行委員である、店長さんたちと一緒に、立派な部屋で、お昼をいただいた。正月にはここでお茶をたてる茶室だという話で、新しい畳の匂いが心地よかった。

美しい器の中に入っている、白身の魚のてんぷらも、新鮮な刺身も、淡い味付けの野菜の煮物も美味しくて、小窪さんが隣の席で目を輝かせていた。

たいそうなご馳走で、それも道理、今日はスケジュールの関係で、終わった後に食事の会をする時間がとれないので、この時間がお礼の宴も兼ねているらしかった。

食事をしながらの、本の話は盛り上がった。もともと、集まった店長さんたちは仲が良かったようだし、まだ半分寝ぼけている小窪さんが話し上手聞き上手だったということもあって、会議室にはその場にいたみんなの笑い声が溢《あふ》れた。少しだけさみしかったのは、もしかして、実行委員の中に、泉屋書店の店長さんが加わっているかも、と思っていたのに、その顔がなかったことだった。比較的大きめの書店だけで構成されているメンバーなのかも知れない、と思うと、さみしかった。泉屋書店さんは、写真で見る限り、小さな店舗の「町の本屋さん」だったからだ。

「そういえば」ふと、わたしは疑問を口にした。講演に、と声がかかってから、不思議だったことがある。

「どうしてわたしに講演を、という流れになったのでしょう？　もちろん光栄で、嬉しいことではあるんですが、わたしはその、この街には特にいままで縁もなく……」

作品の舞台にしたこともない。

「ああ、それは」

繁華街の大きな書店の店長さんだというロマンスグレーのおじさまが優しい表情で、

「先生の本をたいそう好きな店長がおりましてね。わたしどもは、もともと仲が良く、何かと互いに面白い本を薦めあうものですが、彼にとにかく先生の本を薦められ続けるうちに、みんなもう、一度、水守先生にお会いしなくては、という気分になっていたんですよ。で、ちょうどよい機会がありましたもので」

店長さんたちは、みんなで静かに目と目を合わせた。微笑みつつも、どこか静かな、悲しげな表情だった。にぎやかだった部屋の中が、しんとした気配に満たされた。

部屋の襖《ふすま》を、そっと誰かが開けた。

「おくつろぎのところ、失礼いたします。水守先生は、そろそろ講演のご準備を。控え室を準備してございますので」

図書館の職員さんだった。

講演は、始終あたたかい雰囲気の中で行われた。

たくさんのお客様の中に、泉屋さんがきていないかなと思ったけれど、見つからなかった。

講演の原稿は、無意識のうちに、泉屋さんに向けて書いたような内容になっていたので、そのひとがいない場所での講演は、やはりさみしかった。

講演が終わって、簡単なサイン会があった。わたしはデビューが十代と早かったせいもあって、年齢のわりには、作家としてのキャリアが長い。なので、幅広い年齢層のひとびとが、サイン会の列に並んだ。

雰囲気がよく、楽しい時間が過ぎ、やがて、終わった。図書館や実行委員のひとびとは後片付けがあったり、それぞれの店に帰らなくてはいけないという。その場で挨拶をして、別れた。

講演もサイン会も意外と疲れるものだ。わたしも疲れていたけれど、もとから寝不足だった小窪さんは、すっかりダウンしていた。

図書館の一階に、綺麗な喫茶室があったので、そこで一休みしていこうということになった。いただいた花束やお土産物を抱いて、店に入ったのだけれど、注文したものが運ばれてくる前に、彼女はもう椅子で眠りこけていた。

わたしはガラス張りの店の中から、窓の外を見るともなく見ていた。空が黄昏《たそが》れていく。街が夜になろうとしている。南国のこの街では、風早よりも長く太陽が空にあるらしく、黄昏時はしばらく続くようだった。薄金色の光を放つ空は、どこか魔法めいた色合いに見えた。

「——泉屋さんにお会いしたかったな」

今日会場でお会いできなかったこと、イベントの後で思ったよりも疲れたということで、泉屋書店へ向かう気力が若干減っていた。今夜宿泊するホテルは、この近所だったはず。小窪さんも寝てしまったし、彼女が目覚めたら、もう一緒に帰ることにしようかなあ……。

と、思ったときだった。

「こんばんは、水守先生」

優しい声が、ふとすぐそばで聞こえた。

驚いて顔を上げると、そこに、どこか懐かしい雰囲気の初老の男のひとが立っていた。

とても嬉しそうににこにこと笑っている。

間違いない。泉屋さんだった。店の名前が入ったエプロンをつけたまま、そこにいた。

写真でしか知らない笑顔でも、何度となく見返しているひとの姿だったから。

「今日はとても良いお話をありがとうございました」

深々と頭を下げた。

「いらしてたんですか？」

「はい」

「気づきませんでした」

「後ろの方におりましたもので」

実行委員ですからね、と、そのひとはどこか得意げに笑った。

「先生のお声を聞くのは初めてでしたけれど、想像通りのお声でした。音やリズム、色彩のある文章だからでしょうか、作品を拝読しているときも文字が声で聞こえてくるようでした」

「いえそんな」

微笑むそのひとこそ、いつももらっていた便《たよ》りの通りの、声と笑顔だと思った。懐かしく、優しく、そしてどこかいたずらっぽくもあるような、そんな声。

「近所なものですから、ついこのままの姿で来てしまいました」

そのひとは笑った。

お店が忙しいんだろうなあ、とわたしは思った。きっとそれで返信もしそびれていたのだろう。

「あの、できたらでいいのですが、お店にうかがっていいですか？」

わたしは椅子から立ち上がって、そう訊ねた。「お忙しいようでしたら、すぐに失礼いたしますので……」

「おお、来ていただけるのですか」

泉屋さんは大きく目を見開いた。太い腕を後ろに回し、頭をかくようにした。涙で目が潤《うる》む。

「いやあ嬉しいなあ。こんな日が来るだなんて、思ってもいませんでした。いいんでしょうか、先生。うちなんかに足をお運びいただくなんて」

「いえ、そのために飛行機に乗ってうかがったようなものですから」

嬉しそうにそのひとはうなずいた。

小窪さんを振り返ると、ちょっとやそっとでは起きない感じで、テーブルに突っ伏して眠っている。

わたしはお店のひとに声をかけ、ふたり分の支払いをするついでに、簡単な伝言を頼んだ。ちょっと出かけてくるので、ここで待っていても良し、帰りが遅いようだったら、先にホテルに行っていてほしいと。

「すぐそこですから」

泉屋さんが、ひょいとどこかを指さした通り、その書店は近いところにあった。図書館の裏手の方に、猫が通るような古くて細い路地があり——実際に、野良猫たちが駆け去る後ろ姿が見えたのだけれど、石畳の敷かれたそのゆるやかな坂道をのぼって行くと、その突き当たりに、大きな椿の木に守られたような、小さな店があった。一階は店舗。二階は住居。

どこかおもちゃのように見える小さな愛らしい建物だった。

椿は、花弁に赤と白が混じり合った、鮮やかな花で、見上げるほどに大きかった。『泉屋書店』とかかった木の看板を見上げ、ガラスの引き戸を開けて、中に入った。ふんわりとしたあたたかな空気は、小さなストーブのせいなのだろう。いくら近所とはいえ、火をつけたまま店を離れるというのは、不用心だなあ、と思った。けれど、そばにおかれた椅子で猫が熟睡しているのを見ると、この子のために消す気になれなかったのかな、と、想像してしまった。

写真で見ると毛づやがよく見えた三毛猫は、こうして間近で見ると、ほっそりと痩せた老猫だったのだ。猫は金色の瞳を薄く開けると、にこっと笑ったようだった。なんだかとても嬉しそうな眼差しに見えた。

紙とインクと灯油の匂いがする店の中には、たくさんの本が並べられていた。一冊一冊、選び抜かれたような、手に取ってみたくなるような本ばかりだった。小さく品良く添えられたＰＯＰに書かれているのは、美しい言葉や洒落《しゃれ》た一言。この有限な空間に並んでいる選び抜かれた本たちを、まるで宝物のように、店に来るひとびとに紹介する、そのためのこころを込めた文章が書いてあった。

その中に自分の本もちゃんとある。一冊一冊にPOPが添えてある。それがどれほど嬉しくて、誇らしいことなのか。

それは作家でないとほんとうにはわからない喜びなのかも知れない、と思う。

「あいにく新刊が用意できませんで」

沈んだ声で、店長さんはいった。

「ちょっとですね。仕入れられなかったので」

悲しげな声だった。

つい先日出たばかりの文庫の新刊のことをいってらっしゃるのだろうな、と思った。

（配本が少なかったのかなあ）

本というものは、書店の希望通りの数、お店に入ってくるものでも無い。常連のお客様がきっと買ってくれるとわかっていて、そのつもりで取次（問屋）に注文を出しても、希望通りの数、店に届かないどころか、一冊も入らないことすらあるのだそうだ。

本を店で売ることによって、その本を売ったという実績ができ、少しずつそのレーベルの本がたくさん入ってくるようになるのだそうだけれど、そもそも配本がゼロだった場合は、その実績を作りようがない。

新刊や話題の本は、都会の大きな書店に集中するような流れがいつの間にかできてしまっていて、このお店のような、地方の小さなお店の棚には並べたくても入ってこない。

それでも欲しい本を自店に並べたいときは、たとえば大きな書店に買いに行き、その本を売ったりすることさえあるのだと、以前、知り合いの書店員さんに聞いたことがあった。当然、何のもうけにもならない。それどころか遠くまで探しに行けば、交通費の分赤字になる。

何でこんなおかしなことになってしまっているのか、こうして、長くこの業界の中にいても、わたしには理解できない。たぶん、昔、良いようにと作られたシステムが、いまの日本の出版業界の実情に合わなくなってきているのだろうな、と、そんな風に推測するばかりで。

ただ、売るための本さえあれば工夫して売り場を作る自信があるのに、そのための本が一冊も入らずに売れない、というのは、守るための武器がない砦が圧倒的な火力を持つ敵に包囲され、蹂躙《じゅうりん》されている図のようだ、と思う。武器さえあれば、努力と工夫、それに熱意でいくらでも戦えるのに、無残に滅びるままになっているような

――いまの地方の小さい書店は、時として、そんな状態にあるのだった。滅びるままに、というのは言葉だけのことではなく、そうして疲弊しきって、閉店していく小さなお店は、いまとても多いのだった。

一方で、坐して死ぬことをよしとしない書店や書店員さんたちの存在もあって、そういうお店では、たとえばこの泉屋さんのように、丁寧な選書をし、言葉をつくした文章を書きこんだPOPを飾ったり、新刊を紹介するペーパーを作ったりして、何とか戦い抜こうとしているのだった。

わたしは、「あの」と泉屋さんに声をかけた。「し、色紙を書かせていただけませんか」

緊張して声が震えてしまった。「ええとあの、お邪魔でなければの話ですけれど」

この素敵なお店のために、自分にはできることがなくても、せめて、色紙だけは、と思った。かわいい猫が描けるかどうかはわからないけれど。

「ありがとうございます」

泉屋さんは、深々と頭を下げた。

「何よりの記念に、思い出になります」

わたしはバッグの中に、念のためにといれていた色紙と筆記用具を出した。

　そして、猫の座る椅子のそばに、もうひとつ椅子を出して貰い、色紙を書いた。

　字配りは、練習の甲斐あって、まあまあうまくいったと思う。猫は——たぶん、それまで描いた中では、いちばん猫に見えるような絵が描けただろうと思った。

　ふと思い立って、そこにいた三毛猫の柄を真似して、ぶちを描いてみた。

　泉屋さんは、とても喜んでくれた。猫本人は、片目を薄く開けて、眺めていた。


　やがて、空がとっぷりと暮れてきた。

　わたしは、店の外まで、泉屋さんに見送られ、頭を下げられて、そこからひとりで街へと帰った。

　坂の上から見ると、さっきまでいた図書館は、まるで光でできた建物のように光り輝いて見えていて、緩い坂道になっている路地を降りて行けば、簡単に行き着けそうだった。

　とことこと坂道を降りて行く。古い石畳の道は、暗いせいもあって、多少心許ない。飛行機の疲れと、イベントの疲れ。それが今頃になって押し寄せてきて、足も重かった。

　でも、心は軽かった。

振り返ると、椿の木の下に、泉屋書店の明かりは灯っていて、そこに泉屋さんが、エプロンを着けた姿で立っているのが見えるのだった。そのひとは振り返るたびに、いつもそこにいて、やがてこちらに向かって、大きく手を振ると、もう一度深く頭を下げ、引き戸を開けて、店の中に帰っていった。

図書館の一階の喫茶室をのぞいてみる。

ガラス張りの喫茶室は、この時間は、アルコールも出るような洒落た店になっているようだったけれど、賑《にぎ》わいの中に担当編集者の姿はなかった。

お店のひとに訊いてみると、どうも彼女は、先にホテルに行ったそうで、わたしに伝言が残っていた。けっこう遅くまでここで待っていてくれたらしいので、悪いことをしたなあと反省する。

図書館のひとがとっておいてくれたホテルは、すぐ近くにあった。ビジネスホテルとシティホテルの中間のような感じの、清潔で使い勝手の良さそうなホテルだった。

スマートフォンで小窪さんにメールすると、すぐに下のロビーまで降りてきた。わたしが帰るのを待っていてくれたのだろう。

まだ少し眠そうで、目の下にはくまがあるままだったけれど、

「ごはん行きましょう、ごはん。さっき喫茶室で美味しいお店を教えて貰ったんです。居酒屋行きましょう、居酒屋。お刺身とお酒を」

張り切って、わたしの腕をとるようにして、外に出たので、元気なんだろうなと思った。

逆にわたしは疲れで眠くなって、あまり食欲もなく、生あくびをかみ殺していたのだけれど、ここで何か食べないと夜中にお腹が空くだろうし、彼女に連れて行かれるままに、食べ物屋さんへと向かった。

官公庁の建物が並ぶ通りの、そのすぐそばの路地を曲がると、小さなビルが並ぶ通りがあった。ここも地面が石畳で、緩い坂道になっている。

泉屋書店のことを思い出して、わたしは歩きながら、その店に行ってきた、という話を彼女にした。色紙を置いてきた、ということも。最後に大きく手を振ってくれた、なんて話も。

やがてたどりついたその店は、いかにも地元のひとたちが仕事帰りに行くところらしい居酒屋で、居心地が良いように明かりを落とした店内は、ほどよく混んで、賑やかだった。

リーズナブルな値段のわりには、驚くほど新鮮でつややかな魚や海藻、手作り風の豆腐や、きりりと冷えた日本酒が運ばれてきた。烏賊の入ったチヂミにスイートチリソースがかかったものも、ぴりりと辛くて美味しかった。カサゴが丸のまま入った赤だしのお味噌汁は、一口飲むごとにからだがあたたまった。

そういったものを少しずついただきつつ、泉屋書店の話を続けていたら、小窪さんが、一言いった。

「響呼先生、今日、そのお店に、ほんとうに行ったんですか？」

「うん」

小窪さんは、なみなみとつがれた升酒をテーブルに置いたまま、わたしの顔をじいっと見つめた。

「この街の、大きな椿の木の下にあった、泉屋書店さんは、長く地元のみなさんに愛された、とてもよい町の本屋さんでしたが、一年ほど前に閉店してます。お店は火事で焼けて、もう無いとうちの営業に聞きました」

「え？」

「彼は九州担当だった時期も長く、当時はよく泉屋さんに通っていたんだそうです。何かとかわいがっていただいてもいたそうで。お葬式にも出たという話なので……間違いや記憶違いじゃないと思います」

「お葬式って、どなたの？」

「店長さんのです。店が閉店した後、病気になって寝込まれていたところを、店が火事になって亡くなられたんだそうです。消し忘れたストーブの火が原因の火事だったとか」

「でもわたし、お店に行ったのに……」

たしかに、行ったのに。

では、あれは何だったんだろう、と思った。


翌朝、空港に行く前に、わたしと小窪さんは、あの坂の上の、椿に囲まれていた書店を訪ねてみた。

凍るように冷たく空気が張り詰めた朝だった。雀たちだけが、小さくうたっていた。

もしかして、何かの間違いで、いまもその書店はそこにあるのではないかと思ったのだ。わたしは自分が見たものを、夢や幻だとは思えなかった。

けれど。

記憶を辿って着いたそこには、あの小さなかわいらしい書店はもうなかった。

ただ、古く大きな椿の木、枝や幹に焼け焦げたあとのある木がそこにあって、つややかな葉を茂らせているだけだった。椿はいまが花の時期だろうに、一輪も咲いていなかった。

いや、足下に赤い色があると思ったら、痩せて年老いた三毛猫がそこにちんまりと座っていて、その口に見事な赤と白の椿の花が一輪くわえられていたのだった。

三毛猫のからだは汚れ、火傷のあとのようなひきつれがあった。金色の目でこちらを見上げ、うっすらとその目を細めると、背を向けてどこへともなくよろよろと歩みさっていった。

椿の木は、わたしたちを見守るように、焼け焦げた枝を二月の空に広げ、吹きすぎる風に、たまに枝葉を鳴らしていた。

帰りの飛行機の中で、わたしはふと、あの写真をとりだしてみた。

もう世界に存在しない書店の、幸福だったときの姿にもう一度、出会いたくて。

手帳にはさんだままにしている写真を眺める。隣の席から小窪さんが、それを見て、

「綺麗なお店だったんですね」

と、一言いった。

彼女は、ゆうべわたしが見たものについて、あれ以上何も語ることはなかった。昔から、そういう不思議なものに違和感はないのだと、そういってくれた。あと、小さい頃から、お化けも妖精も妖怪も魔女も大好きだと、だから子どもの本の編集者になったのかも、と。なかば、冗談交じりのようにつけくわえてもくれた。

彼女には、わたしの血筋のことについて話したことはまだなかったけれど、じゃあ今度話してみようかな、と密かに思ったりもした。

わたしは、窓越しの天界の光を受けた写真を見つめ、やがて、あることに気づいて、まじまじとその情景を見つめなおした。

色紙がある。泉屋さんの本棚の間の壁に、色紙が貼ってある。色紙のそばに泉屋さんが立っているので、腕の辺りが重なっている。日付を書いた部分がちょうど読めないけれど、昨日書いたものだ、と思う。たぶん。いや、間違いない。

泉屋さんに、色紙を郵送で送ったことはある。だから、お店のどこかに飾られたことはあったろう。でも、その朝まで、その写真の中に、わたしは自分の書いた色紙が写っていたという記憶は無かった。

いやもちろん、それはわたしの記憶違いだったという可能性もなくはない。

（でも……）

喉が渇いた。

写真の中の壁に貼られた、その色紙には、たしかにあの海牛に似た猫の絵が描いてあったのだ。わたしがずっと練習してきた、へたくそな猫の絵が、写真に写っていたのだった。

写真の中で、泉屋書店の店長さんは、昨日わたしに会ったのと同じエプロン姿で、こちらを見つめ、楽しげに笑っているのだった。

嬉しそうに。ほんとうに幸せそうな様子で。

第三話　見えない魔法

「あら、かわいい猫」

雑誌やらパンやらを買いに出かけた近所の商店街。通りすがりの、その一軒のお店のショーウインドウに、わたしは目をとめた。

ぬいぐるみのようにかわいらしい白猫がいる。目はガラスのように青い。首につやつやとした赤いリボンを結んでもらっていて、それがとても似合っていた。そのせいもあって、おもちゃっぽく見えるのかも知れない。

『鈴木おもちゃ店』

見上げると、そんな看板がかかっていた。古い看板は見るからに手彫りのようで、それに素朴な感じの着彩が施してあった。

「『おもちゃ病院あります。電子おもちゃも直します』へえ」

そんな言葉が、これは新しめの板きれにきちんと書かれて添えてあった。

電子おもちゃ、というと、喋ったり動いたりするおもちゃのことだろうか。そういえば昔、喋るお人形が欲しかったことがあるなあ、なんて懐かしく思い出した。高かったから、誰にねだることもなく、誰にもいわないままで終わったけれど。ずっと昔、子どもの頃の話だ。ひなぎくにああいうお人形をあげたら、どう思うんだろう。ふと思った。魔法だ、と喜ぶのだろうか。

半ば日よけを下ろした、ショーウインドウのガラスの中には、昭和の時代や、もっと前に作られたようなおもちゃたちが、綺麗に磨かれて、どこか得意げな様子で並んでいる。フランス人形にロボットに、機関車にレール。そんなおもちゃたちの中に、お座りした白猫がいる。お店の猫なんだろうか？

つい身を屈めて、ガラスをのぞきこんだ。

三月の空はすっかり春の色で、空気はあたたかくなりつつある。ショーウインドウの中の、その日差しが降りそそぐ辺りは、明るくてぽかぽかとあたたかそうで、猫がお昼寝するには、たしかにちょうどいいというか……。

「――猫？」

わたしは首をかしげる。

こちらを見上げた猫は、妙に人間ぽい表情で、にっこりと笑うと、身を翻して、どこかに消えていった。

あら、いまの何だったんだろう。猫とはちょっと違ったかも。もしかしてお化け？

と思いながら、消えていった方を見ていると、

「――いらっしゃいませ。あの、何か」

と、店のガラスの扉が内側から開いた。どこか緊張したような面持ちの、エプロンを掛けたお兄さんが、ひょこっと姿をのぞかせた。

お店のひとだろうか？　わたしよりはおそらく年上の、背が高そうだけれど少し猫背の、でも笑顔の優しい感じのひとだった。

「白い猫が」つい呟《つぶや》くと、

「猫？」

気がつくと、そのひとの足下に、さっきの白猫がいて、にこっとまた笑った。しっぽをあげ、赤いリボンをなびかせて、とことこと歩き、小さな扉を抜けて、ひとりで店の方へと戻って行く。

「えっと、うちには猫はいませんが？」

不思議そうに、お兄さんはいった。自分の足下を通り過ぎていった白猫は、見えなかったらしい。ショーウインドウを振り返る。

「おもちゃも、その、猫はいまないですし。ぬいぐるみも、ええと、置物も」

「――あのう、ごめんなさい。いま、白い猫がいたような気がしたんです。錯覚か

な？」

　笑って誤魔化した。

　じゃあ、いまのはやっぱりお化けだったのかな。

　猫のお化け――にしては、表情が豊かだったような気がしたけれど。

　そのとき、お兄さんが軽く手を打った。

「あ、どこかで見たような方だと思ったら、作家の水守響呼さんですよね？」

「え、あ、はい。一応は」

　一応はということもないけれど、とっさにそう答えてしまった。お兄さんは照れたように頭をかいて、

「すす、すみません。水守先生の小説、好きでよく読んでいて……この街にいらっしゃると親父から聞いたことがあったんで、いつか会えるといいなあとか思ってたんですが。はは」

　ああ、ついに出会ってしまった、と、嬉しそうにお兄さんは笑った。

「ええと、はい。ありがとうございます」

　ほんとうに嬉しそうだったので、なんだかこちらも嬉しくなってしまった。自分がそこにいるというだけで、誰かが嬉しくなるというのは、いまだに不思議な感覚だけ

れど、さすがに作家になって長いので、いつのまにか慣れては来ている。そしていつも、嬉しいと同時に、申し訳ないような気分になるのだった。

わたしなんかでごめんなさい、というような——。

そのとき、ショーウインドウの中、視界のすみに、ちらりと、かわいらしいお人形が見えた。綺麗なドレスを着た、金髪のお人形。椅子に寄りかかるように座って、目を閉じている。薔薇《ばら》の花びらのような口元は、優しい夢でも見ているように微笑んでいる。

あ、ああいう感じ、ひなぎくが喜ぶかな、と思った。あの子はこういうかわいらしいものが大好きだから。

ちょうど印税も入って、懐が温かいところだし、お土産に買っていこうか。

(いつもお部屋の掃除やお洗濯をがんばってくれてるものね)

うん、とうなずいて、お兄さんに笑顔で、

「すみません、あのお人形なんですが」

と、話しかけた。

きっと古いおもちゃ屋さんなのだろう。入り口の広さで考えていたよりも、中は広くて、奥の方には倉庫や、作業場のようなところもあるようだった。そこには『ぴょういん』と看板が掛かっていたので、古いおもちゃたちの手当てはそこでするのかも知れなかった。さらにその奥には住居があるようだ。かすかにひとの気配もする。お店のひとがくらしているのだろうか。

レジカウンターのそばのテーブルには、かわいらしい包装紙や、リボンがたくさん置いてあった。プレゼントの包装を頼むと、おもちゃ屋さんのお兄さんは張り切ったように、紙とリボンを選び、笑顔でお人形を包み始めた。——手際がいい。落ち着いた、器用な手つきに見えた。

わたしの視線をどう感じたのか、お兄さんは頭に手をやって笑う。

「ここ、親父の店なんです。いまちょっと親父が腰を痛めて、店を休んでて、奥の部屋で寝こんでるんで、僕がひとりで店をやってるっていうか……そういう感じで」

だから接客はあんまり、なんていう言葉を、もごもごと口の中で呟いた。呟きながら、さあっとはさみで、包装紙を裂いてゆく。

「……こういったこととか、あの、おもちゃ病院の方は、得意なんですけどね。えっと、物作りっていうか、もともと、そういう仕事してたんで」

色が白い頬を少し染めるようにして、目を伏せて話す。ひとと話すのはあまり得意じゃない、そういう感じなんだろうか。でも、口元にずっと浮かんでいる楽しげな微笑みからすると、人間嫌いとか、そういうことではないようだった。ただちょっとだけ、不器用なひとなのかも知れない。

壁の一面にはプラモデルの箱が積み重ねてある。古い戦艦や帆船、飛行機にお城。アニメのキャラクターのものもあるみたい。作った見本なのか、透明なケースに入れた複葉機《ふくようき》も飾ってあった。わたしは不器用なので、こういったことは詳しくないけれど、それでも繊細でとても美しい細工なのはわかる。

レジカウンターのそばには、駄菓子や小銭で買えるようなシールやメモ帳などがある。

いまはクリスマス前の時期ではないし、平日の昼すぎなので、子どもたちはここにはいない。でも、たとえば放課後や、学校がお休みの日や、十二月には、このお店にはぎっしりと子どもたちが集まるのではないだろうか。

わたし自身は子どもの頃は、女手ひとつでわたしを育ててくれた母に遠慮して、自分からはこういったものは買わなかった。その代わりのように、高額なおもちゃや雑貨をクリスマスや誕生日に選び、買ってくる母には、困った振りをしつつも、いつも感謝していたなあ、なんて懐かしく思い出した。

いまみると、ほんとうに作りもそれなりで、だからこそ愛らしい、おもちゃらしい雑貨の数々に、小さな駄菓子。ほしくない、興味が無い振りをしていたけれど、ほんとうは買ってみたかったな、なんて今更のように思った。

学校帰りに、学校の近所のおもちゃ屋さんや駄菓子屋さんに駆け込んで行く、クラスメートたちが、ほんとうはうらやましかったのだ。そんなことは表情に出さないで、まっすぐに家に帰って、勉強をしていたけれど。

（ああ、そうか）

おとなになり、その頃の母の年齢に近づいたいま、想像がついた。

クリスマスやわたしの誕生日ごとの豪華な贈り物。わたしはいつも、こんなに高いものを、と驚いた。成長してからは、無駄遣いしちゃ駄目、と、母をいさめたことさえあった。いっしょにお店にいるときは止めようとしたことだって。

あたしはそれが楽しいの、かわいいものや綺麗なものを選ぶのはあたしの趣味みたいなものだから、プレゼントを口実に、あんたに勝手に贈るのよ、と母はいっていたけれど、あれは実は、いつもほしいものを我慢している幼い娘が不憫《ふびん》で、だから頑張って、良いものを選んで買っていたのかも知れないな、と。

そう思うと、当時の自分たち親子のことが、切ないような愛しいような気持ちになって、くすりと笑えた。

意識がないまま、ずっと遠くの街で入院している母さん。いまならばわたしが多少の贅沢はさせてあげられるのになあ、と、思った。

母さんが好きだった、かわいいものも綺麗なものも、いくらでも買ってあげられるのに。

(母さんが夢見ていたとおりに、作家になったんだよ、わたし)

綺麗な花と妖精の模様の包装紙に、赤いリボンをかけて、お店のお兄さんは、それをていねいに紙のバッグに入れて、手渡してくれた。

そのときになって、ふと、そのひとは訊ねてきた。なぜだか、店の床の辺り、わたしの足下の辺りを、見回すようにしながら。

「えっとさっき、水守先生、猫がどうとか、っておっしゃいましたよね?」

「はい。——錯覚の話ですけどね」

お兄さんはなぜか、神妙な面持ちで、自分の足下の辺りを見て、わたしに訊いた。

「猫、ってどんな猫だったんでしょうか?」

「ええと、その、錯覚で見た猫ですか?」

何か思い当たることでもあるのだろうか。

「実は」お兄さんは迷うような表情で、でも、言葉を続けた。

「先生だから話しますが、その、錯覚みたいな白い猫、僕も見たことがあるんです。ガラスみたいな青い目で、赤いリボンを首に巻いていて、うう、人間みたいに笑うっていうか」

「ああ」わたしはうなずいた。

「その、そうですね。さっきわたしも、そういう猫の幻を見たような気が……」

そういい終わる前に、ふと気づくと、あの白猫が、今度はレジのそばのテーブルの上に、チェシャ猫のような、にやにやとした笑みを浮かべて、鎮座していた。

楽しげに、そして得意そうに、お兄さんの方を見て、笑っている。

わたしの視線を追うようにしたお兄さんが、ごくりとつばを飲むようにして、訊いた。

「先生、いまも、その猫、いるんですか？」

真剣な眼差しだったので、わたしは素直にうなずいた。

「はい。そこに……」

わたしがテーブルを指さすと、お兄さんは、深いため息をつき、崩れるようにそこにあった椅子に腰を下ろした。

頭を抱える。

「ああやっぱり、じゃああれはほんとうのことだったんだ……」

力なく聞こえる声だけれど、どこか嬉しそうだった。笑い出しそうな、そんな声。

実際、手の間から見える口元は笑っていた。

「先生」と、ほがらかな表情で顔を上げた。

「その猫ですが、いまの僕にはもう見えないんですけれども、それ、ただの猫じゃありません。

猫のおもちゃです」

「え？」

「猫のおもちゃの、お化けなんです、たぶん」

ははは、とお兄さんは笑う。まるで水守先生の書くお話に出てきそうなキャラクターですね、と言葉を続けた。

白猫は、ええその通り、という表情を浮かべて、わたしの方をみつめて笑う。

ああそうか、とわたしは思った。――猫のお化け、というよりも、たしかに、これはきっと、猫のおもちゃのお化け。

付喪神《つくもがみ》みたいなものなのだろう、と。

「水守先生は、不思議なものが見えるらしいって、ネットでひそかに噂になってるんですけど、ほんとうだったんですね」

嬉しそうにお兄さんは笑う。

「ええとその、どうなんでしょうね」

わたしが苦笑すると、お兄さんは、

「神秘的で素敵だと思います」

といいきった。「じきに親父が店に戻ったら、僕もこの店と街を離れようと思っていたこの時期に、水守先生とこうしてお会いできて、あの猫の話ができたなんて——素敵な巡り合わせだな、と思いました」

嬉しそうに、でも少しだけたどたどしい感じで、そのひとはいうと、長く不思議な打ち明け話をわたしに聞かせてくれた。

「僕、携帯電話の開発部隊にいたんですよ。ガラケー、わかります？　そう、スマートフォンがこんな風に普及する前に、日本で普通に使われていた端末です。大体、こう二つ折りになってて、電話ですから当然通話もできたし、数字のキーを押すことでメールを打ったりもできた。インターネットも。

ああ、水守先生の世代だと、お使いになってたでしょうね。ひとによってはまだ、ガラケーをお使いでしょうし」

携帯電話の話になると、言葉が明るい響きを帯び、なめらかに話せるようになったのは、それがとても好きだったからだろうなあと思った。

猫のおもちゃのお化けがにこにこと笑い、お兄さんの顔を嬉しそうに見上げていた。

わたしは自分が使ってきた電話たちのことを懐かしく思い出した。いまはスマートフォンに替えてしまったけれど、携帯電話と呼ばれていた頃の小さな機械たちは、いつだって大事な友達で仕事仲間だったなあ、と思う。

朝目覚めたときから（それは往々にして、担当編集者たちからのメールを確認することから始まるのだけれど）、夜中、そして明け方に眠るそのときに枕元に置くまで、一日は、二つ折りの小さな機械を開くことから始まり、また閉じることで終わっていた。

（そうか、このひとはあの機械を作るお仕事をしていたのか）

いまは電車の中で、みんな同じような形のスマートフォンの画面を見つめ、メールを打ったりゲームをしたりしているけれど、つい数年前まではみんな、二つ折りだったり、下半分に蓋がついていたり、といろんな形の携帯電話を手にしていたのだ。

　お兄さんはため息をついた。

「こんな風に、日本でスマートフォンが普及するとは思ってなかったですよ。だってあれは、小さなパソコンみたいなものじゃないですか。思わぬ高機能も発揮する、その代わり、使うのは難しいし、ユーザーの自由度が高い分、セキュリティの設定をするのも難しい。そもそも、あんなに多機能で高機能なもの、誰にでも必要なものじゃない、まあマニアックなものだろうと現場では思っていたんです。だって、僕らが作っていた、いわゆる携帯電話だって、オーバースペックだの、無駄に多機能だの、悪口をいわれていたんですからね。

　それに、我々、日本の携帯電話を作っていた連中は、自分たちが作っているものに誇りを持っていた。両手に包み込めるほどの大きさなのに、生活に根ざした便利さを持っていて、いつも安定していて、その気になれば、複雑な設定をして、優れた機能を発揮することもできる。通話できることは当たり前、写真をとり、音楽を再生し、言葉や音楽を録音し、買い物もでき乗り物にも乗れて、離れた家族に安全を知らせることもできる。最初はわずかな字数しか打てなかったメールも、長文が打てるようになり、インターネットも専用のブラウザを立ち上げて、Ｗｅｂサイトを見ることができるようになりました。

それに、子どもや、お年寄りのために、寄り添うような、優しい電話を作ることができた。聞こえの悪いひとのために、音声をゆっくり聞こえるようにしたり、力の入りにくい指でも押しやすいようにボタンをデザインしたり。機械になれないひとたちでも、扱えるような製品を開発することができた。日本にそういう電話があることが、僕らの誇りでした。

年に二回、新製品が発表される時期。そのときの晴れがましい気持ちといったら。僕たちはあの頃、日本で最先端の製品を作っているというプライドがありました。いつも未来に向けて突っ走っていた。いつだって時間に追われて、寝てる暇なんてありませんでした。でもね、それが楽しかったんです。未来に向かって新技術の扉が開いていく、先頭に立ってその扉を開くのが、僕らの仕事だった。

まだまだ進化していくつもりでした。手の中の機械を、進化させていくつもりだった。

でもね」

お兄さんは、遠くを見るような目をした。さみしそうに、自分の手の中を見つめるような、そんな仕草をした。

「いつも傍らにある、こんなに素敵な機械が、ＰＤＡならともかく、スマートフォンに駆逐されていくだなんて、誰が思っていたでしょう。何しろ、初期のスマートフォンは、いまだと信じられないくらいに何もできなかったんですからね。iPhoneなんて、昔はテキストのコピーすらできなかったんですから。

でも実際には、嘘のようにあっけなく、老いも若きも、スマートフォンを使うようになってしまったんです。そして、かつては僕らの作る携帯電話がそうであったように、スマートフォンが、みんなの生活の傍らにある機械になってしまいました。

そしてだんだん、僕らの仕事はなくなっていったんです。一緒に開発をしていた、仲間たちの数も減らされていきました」

お兄さんの声と表情が沈み込んでいく。白猫のおもちゃが、テーブルの上から、悲しそうにお兄さんの顔を見上げる。

わたしはそこまで機械類のことには詳しくない。仕事で必要なので、とりあえず困らない程度には使いこなしているだけだ。でもそれでも、ふとしたはずみでテレビやネット、新聞のニュースで、携帯電話やスマートフォンについての話題にふれることもあった。

かつては誰もが手にしていた国産の携帯電話。最先端の技術が惜しげもなく注ぎ込まれていた、高機能多機能な、ある意味、日本の技術の象徴のようなものだった端末が、キャリアの方針の変化もあって、あっというまに勢いを失い、いまではその存在が消えかかっていることなどについても。

携帯電話の開発をしていたいくつもの会社がそれをやめ、部署がなくなったり、会社そのものが大きな会社に吸収されていったりもしたと、そんなニュースも見た記憶がある。ひとが減らされてゆく中で、たくさんいた技術者たちは、他の部署に回されたり、海外のメーカーに引き抜かれていったとか。

いまも携帯電話は、特に地方では根強い人気があるし、あえて昔からある端末を使い続けているひとびともいる。そういうユーザーのために、まだ少数の昔ながらの携帯電話は作り続けられ、売られているけれど、いずれ無くなってしまうだろうと、それはたしか新聞で読んだ。当時、最先端の技術によって作られ、一流のデザインを施された携帯電話はギミックの塊だ。複雑な仕組みで動く小さな部品がいくつも使われているのだけれど、そういったものを作っていた工場はもう無くなってしまった。仕事が立ちゆかないからだ。

必要な部品がない以上、いつかは携帯電話は作れなくなる。いずれ消えていくしかない機械なのだろうと、記事は締めていた。

携帯電話というものが華やかだった時代を知っているので、そういったニュースにふれるごとに切なくなった。現場で働いているひとたちはどんな心境だろうと思っていた。

もう遠い昔に思えるような、携帯電話の天下だったあの頃は、携帯電話専門の雑誌なんていうものまであって、新製品が出る頃は、それを読んで最新機種の情報にふれたりしていたものだけれど、いまはもう、あんな雑誌も残っていないのだろうと思う。それとも、スマートフォンの専門誌として生き延びたものもあるのだろうか。

「僕の所属していた部署では、だいぶひとは減らされましたが、残った人間でスマートフォンを作ることになりました。春のことでした。納得して、会社に残ったんです。それでいいと思いました。……ええ、最初はね、これからはまた最先端のガジェットを作るんだ、と張り切っているつもりだったんです。携帯電話、というものは終わっていくのかも知れないけれど、これからは国産のスマートフォンをこの手で新しく作っていくんだと、ええ、頭ではね、楽しく思えているつもりだったんです。

でもね。そんなある日、会社に行けなくなりまして。ほんとに急に。布団から起き上がることさえしんどくなったんです。独り身でしてね。自分じゃ料理もインスタントラーメンくらいしか作ったことがない。冷蔵庫も空っぽだ。何しろ、それまで仕事が忙しかったので、家で飯なんて食ってる時間が無かったんです。布団から起きて外になにか買いに行かないと、もう飢え死にするしかないような、そんな状態で。

でも、起き上がれませんでしたね。面倒だったし、もうこのままミイラになるのもいいや、とだんだん思い始めました。アパートの窓の外に、桜の木があって、花弁が散って風に流れるのが見えるんですよ。こうやって桜に見守られて死ぬのも風流だななんて、他人事みたいにのほほんと思ってました。

最終的には、会社の人間が心配して見に来てくれて、それで病院に担ぎ込まれて、助かりました。大きい会社だし、ちゃんと休みもとるようにいわれて、それでまた戻って来いっていわれたんですけどね。結局、辞めちゃいました。まるで風船から空気が抜けたように、やる気がなくなっちゃったわけです。やる気どころか、何のために生きているのか、わからなくなってました」

ああ、話が長くなっちゃいましたね、ごめんなさい、とそのひとは照れたように笑った。その頬の辺りが痩せて見えるのは、その頃の名残なのかな、とふと思った。

「そうしたら、会社から連絡が行ったのか、親父から、うちに帰ってこいといわれました。親父とはちょっとあってあまり仲が良くなかったんですが、そこは親子ですからね。それに数年前に母を亡くして、ひとり暮らしになってしまった父のことはいつも気がかりではあったんです。それまで、忙しいから、何もできてなかったんですけどね。で、風早に帰ってきました。それがええと、三年前くらいのことでした。そいつとあったので、ああそうだ。猫のおもちゃのお化けの話をしてたんでした。そいつとあったのも、その頃のことだったわけで……」

お兄さんは、そこまで話してから、ふと迷うように訊いてきた。

「ええとその、自分で話してて、こんな話面白いのかどうかわからなくなってきたんですが、このまま話していてもいいんでしょうか？」

「どうぞ」

そう答えたのは、この先をほんとうに聞きたかったからでもあり、テーブルの上の猫のおもちゃのお化けが、こちらを向いて、きらきらとうるんだ青い瞳で、「聞きたいっていって」と、訴えてきていたからだった。

なんだかけなげな感じのお化けだと思う。

よく見ると、昭和の時代のおもちゃのように、古めかしいデザインに見える。このおもちゃは、このお兄さんになぜこんなに懐いているんだろう？

「すみません」猫背のからだを折って、お兄さんは笑う。

「僕、ひとと話すのうまくなくて。ゆっくりゆっくり話すか、話し始めると加速がかかってとまらなくなるか、どっちかなんですよ」

ああ、そういうひといるなあ、とわたしは微笑む。でもわたし自身が、そういう傾向にあるので、けっして嫌ではなかった。

もともと、ひとの話を聞いているのは好きな方だった。

窓の外を見ると、まだまだ夕方には遠い時間のようだし、このひとと猫のおもちゃのお化けの物語を、こうして聞いているのも、悪くない。なにしろ、拙著の読者様でもあるようなのだし。それにこのおもちゃ屋さんのお兄さんの笑顔には邪気がなかった。目も優しく澄んでいる。声も小さいけれど良い声で、一心に何かの夢を追いかけてきた、そんなひと特有の綺麗な雰囲気を持つひとだったのだ。

仕事が終わったあとの、ひとときの安らぎの時間に、街の片隅で、優しい声で語られる物語を聞くというのも素敵なことなんじゃないかな、と思った。

お兄さんはほっとしたように笑うと、ゆっくりゆっくり、走りだすように話し始めた。

「もともと、この街で育った人間ですしね。おもちゃもまあ嫌いではなかった。むしろ好きでした。子どもの頃は、プラモデルなんかもはまって作ってましたしね。――

でも、とにかく、気力が無かった。接客も苦手でしたしね。あの頃は、おもちゃの病院は始めてなかったので、こうしてここに、レジの前に立っているだけで、ほんとに……手持ちぶさたな日々でした。でもね。かといって、家を出るだけの気力すらなかったんです。当時、親父に、心配そうに、『おまえ、生ける屍《しかばね》になっちゃったなあ』なんていわれたの覚えてますね。

あの頃は毎朝、夜が明けるのが嫌でしたね。ああまた一日が始まってしまう、と思って。明るくなるのが嫌でした。何もしないままに終わってしまう一日がまた始まる、と思って。

で、そんなある週末に、バスと電車を乗り継いで、遠い山奥に出かけることになったんです。ええとその週末は、土曜日から、嫁いだ姉貴が子どもたちを連れて家に帰ってくることになってて。甥や姪はかわいくても、面倒だと思ってしまったんですね。いろいろと。

それと、その数日前に、昔の彼女から、メールが来てたんです。話は聞きました、大丈夫ですか、みたいな。彼女の旦那さんが、僕の会社に出入りしてる業者だったので、それで僕が辞めたって噂を聞いたんでしょうね。

優しい子でした。実をいうと、結婚するかも、ってつきあいではあったんです。ただ、僕はいつも忙しかったたし、彼女は待てなかった。まあよくある話です。仕方ないね、と、笑顔で別れて、結婚式にも呼ばれて、でもその日は、新製品が発売になった直後の忙しい時期で、式にはいけませんでした。

ああ何を話してたんでしたっけ？　つまりその、彼女から心配そうなメールが届いた手前、心配かけたくないし、意地もあるので、元気なところを見せなきゃ、と思ったんです。その頃、あれは、たぶん親父がつけていたテレビでちらっと見たんじゃなかったかな、とある山奥の、湖のそばの温泉の景色というのがとてもよくて、じゃあ姉貴一家から逃亡しつつ、湯治でもして、元気なところを写真で撮ってくるかとそういうプランを立てたわけですよ。一泊二日の湯治旅行＋遠足……ハイキングかな、って感じでしょうか。

プランを立てたら、うきうきしてきました。考えてみたら、ほんとうに休みのない生活だったので、旅行なんて、学生時代以来の一大イベントだったんです。ネットで必要なものを調べて、近所のスーパーで適当にそれっぽいものや服を揃えるのも楽しかったです。目的地についても、改めて調べ直したりして。

で、姉たちがうちに来る前日、金曜日になって。その日はひどい雨でした。風も吹き荒れ、気温も下がって、春なのに、冬が帰ってきたようだった。

親父に反対されながら、でも、せっかくプランを練ったし、と、旅立ちました。

電車に乗り、雨の中を突っ切って走るバスに乗り、また電車に乗って、やがて知らない山腹の駅へとたどりつきました。悪天候のせいもあって、辺りにひとけなんて全然ありません。観光客はおろか、地元のひとも存在しているのかどうかわからないくらいでした。そもそも、近くに見えるはずの、あるはずの町や村さえ見当たらなかったんです。まああの雨風ですからね。そこにいたひとたちも、家の中にこもるしか無かったんだろうと思います。

頼りにしていたスマートフォンも、見事に圏外。電波が来ないので使えませんでした。

軽い山登りのつもりだったので、念のための防寒具や、雨具は持ってきていました。それでも、嵐のような雨風に、そりゃもうぐっしょり濡れましてねえ。

地図によれば、駅から歩いてすぐに着くはずの、民宿のある町になかなかたどりつきませんでした。そうこうするうちに暗くなってきましてね。ちょうどその頃、バス停を見つけたんです。トタンでできた屋根があって、少しは雨が避けられそうな感じでした。

その屋根から、前方と左右に、ビニールが垂れ幕のように下がっていました。風よけのためのものなんでしょうけれど、大きく風にあおられているので、その夜はさほど役に立ってなさそうでした。でもこのまま夜道を闇雲に歩いて、体力と体温を失ったりするよりはいいかと思いました。濡れているようだけれど、ベンチもある。

そのときになってやっと冷静になったんですね。その年になるまで、ずっと部屋の中にこもって、研究開発ばかり繰り返していたし、山の中で道に迷う経験なんて積んでなかったですしね。でも、雨風の中で迷ううちに、さすがに脳のCPUが冷えてきたのか、少しずつ冷静さを取り戻してきて、このままじゃいかん、と、我に返ったわけです。

そのバス停の上に、小さな古い街灯がひとつ灯っているだけで、辺りは真っ暗でした。バスの時刻表を見ると、昼と夕方の一日に二回しかバスは通らないようで、ということは恐らく、明日の昼の、ここにバスが来る時間までは、誰もこのバス停には来ないのだろうな、と推測されました。

暗いうちはもう歩かない方がいいだろう。

僕は、ここで一晩野宿する覚悟を決めて、ベンチをタオルで拭き、そこに腰を据えました。おやつのつもりで持ってきていた板チョコを出してかじりました。包装紙が濡れて破れていたので、紙をむいて折って、そのまま食いつきました。そうすると、仕事で徹夜していた頃、包装紙をむく時間も惜しくて、目だけはモニターを見続けながら、こんな風にチョコをかじっていたなあ、と懐かしく、ほろ苦く思い出したりしました。

本も持ってきていないし、スマートフォンも使えないしではすることもありません。腕組みをして座ったまま、いつの間にかうとうととしていたと思います。

どういうタイミングか、ふと、目が覚めたのです。ビニールの垂れ幕の向こうが、明るく光っていました。

何の明かりだろう。車でも来て停まっているんだろうか。そう考えましたが、それにしてはその光には網膜に突き刺さるような強さはなく、ひだまりのような明るいものに見えたのです。

僕は立ち上がり、ビニールの垂れ幕を開けて、外を見ました。

雨は止んでいました。

光はすぐそばではなく、道路の向かい側に丸く灯っているようでした。そちらには林のように木々が連なり茂っているようでした。その根元の辺りがぼんやりと、わりと広い範囲で光っているようなのです。その光の感じが、どうにも不思議で、光源を確かめたくて、僕は道を渡ってみたんですよ。そもそも、こんな山道で、電源はどうなってるんだろうとか、どうしても気になりまして。

——でね、不思議なものを見ました」

少しだけ躊躇《ためら》うように、お兄さんは言葉を切りました。テーブルの上の猫のおもちゃのお化けは、嬉しそうに目を輝かせ、お兄さんを見上げています。おそらくはこれが犬だったら、しっぽを振っていそうな、そんな感じの表情でした。青い目がきらきらしています。

「ええと、あの猫は、いまここにいるんですか？」

お兄さんがわたしに訊ねました。

「はい」

わたしが答えると、お兄さんは、少しだけずれた辺りを、神妙なようすで撫でるようにしました。

はは、と照れたように笑いました。

「見えないのは変な感じなんですが、ここにいてくれると思うと、やっぱりちょっと嬉しい気がしますね。——そうか。あのあと、僕にずっと、ついてきてくれたのかな」

呟くように、お兄さんはいいました。

「雨に濡れた木立の、真っ暗なそこに、ぼんやりと柔らかな明かりが灯っているんです。ふかふかのソファが置いてあって、テレビがついている。ステレオもある。ソファの上にはぬいぐるみや人形が置いてあって、綺麗なテーブルの上には、大きくて重そうな、ガラスの灰皿が置いてある。美しい木製の本棚には豪華な百科事典が並んでいる。

まあちょうど、少し昔の時代の日本の、どこか幸せそうな家の居間が、ひょっこりとそこに出現したような感じです。

ぼくは首をかしげながら、そこに行きました。するとね、なぜだか、ソファが座って欲しそうにしたような気がしたんです。僕は素直に、呼ばれたように、そこに行き、腰を下ろして——目が覚めました。

ソファは雨にぐっしょり濡れていて、冷たくて、それで目が覚めたんですね。つまり、僕は夢うつつのまま、歩いていたんです。それほどに疲れていたんですね。そういえば、仕事が忙しかった頃、数日眠っていないときに、たまに幻覚を見たなあ、自分も、それから同じ部屋にいた仲間も。僕は懐かしく、苦笑しながら思い出しました。いま思うと、まるで笑えない話なんですけどね。

空からは、月の光が静かに射していました。月光に照らされたそこは、ごみ捨て場でした。不法に捨てられたらしい、大きなごみが、無造作にほったらかしにされているところだったんですね。都会から少し離れた町や村の道路沿いには、遠くに住んでいるひとたちや、悪い業者が不法投棄をする、そういうところができると、そういえば何かで聞いたことがあるなと思い出しました。つまりは、この国のあちこちにあるだろう、そういう場所のひとつだったんでしょう。

お兄さんは言葉を切り、指先を目元に当てて、涙を拭《ぬぐ》うようにしました。

「ごみたちは、捨てられたものたちは、雨に濡れながら、月の光に照らされて、静かに輝いていました。

辺りが明るく見えるのも道理、林の向こうには、月の光を受けて輝く、広々とした湖が広がっていました。捨てられたものたちは、その水面の光にも淡く照らされていたんですね。夜風に吹かれて水面には波が立っていました。湖の中にも林は続いていました。すでに枯れて、白くなった木々が、湖の中に静かに立っていたのです。白く細い木々の林は、美しく見えました。でも、それは化石というか、墓標というのか、どこか怖くてさみしい眺めでした。

捨てられたものたちは、それぞれの家の中で使われていたときの、その時間の続きを、この湖のそばで、見知らぬ林の中で、静かに過ごしていたんです。ソファもぬいぐるみも、濡れて汚れてはいましたが、まだ綺麗に、十分使えるように、僕の目には見えました。本棚も。ステレオとテレビは、電源系はもう濡れて駄目になっていたでしょうが、外観は少なくともまだ新しく見えました。百科事典は、辺りに散乱して濡れていて、見るからにもうどうしようもない感じでしたが、装幀が美しくて、ここにこんな風に捨てられるまでは、綺麗なものだったろうなあと想像がつきました。

ごみの中に分け入るにつれて、僕は息が苦しくなってきました。そして、泥にまみれた、携帯電話を一台、それもかつて自分の会社で作られた製品を見つけたとき――僕はそれを拾い上げ、両手で握りしめて、泣いたんです。

まだ使えるのに。

まだ働けるのに。

どうして捨てるんだ、と。

胸の奥から声が出ました。あんな風に泣いたのは、後にも先にもないことでした。雨上がりの山の中で、月の光に照らされて、ひとりきりで僕は声を上げて泣いたんです。

泣いて泣き続けて、僕は第三者の視点でふと気づきました。

もしかして僕は、ずっと泣きたかったのかな、と。

長いこと泣いていなかったんです。忙しかったからかな。それとも、おとなの男は泣いちゃいけないと思っていたからか。いつの頃からか涙を流さなくなっていました。

ほんとうはいつも泣きたかったんです。

彼女が別れ話を切り出して、他の人間と結婚すると決まったときだって、笑うんじゃなく、泣きたかった。大好きだったんです。ほったらかしの彼女でも。

ほったらかしといえば、僕は自分の母親のことも、そうしたんです。急にからだの具合が悪くなって、入院して、いまのうちに見舞いに来なさいと、姉や父親から連絡を貰《もら》っていたのに、仕事から離れるわけにはいかなくて、実家に帰りませんでした。だから僕は、母親の死に目に会えませんでした。通夜も葬式も、出ませんでした。出たばかりの新製品に思わぬ不具合が出て、その対応に追われたんです。それと時期が重なってしまって。そうして、気がつけば僕はひとりぼっちでした。

自分の選択を後悔してはいません。もう一度、同じ場面に出くわしたとしても、僕は仕事を選ぶでしょう。でもね。そうまでして大切に作り上げてきたものは、もういらないものになってしまったんです。会社から、世の中から、捨てられてしまった。

まだ使えるのに。働けるのに。もっといいものに、進化していけるはずだったのに」

お兄さんの喉《のど》がひくひくと、嗚咽《おえつ》をこらえるように動いていた。その手元に、心配するように、白い猫のおもちゃのお化けが寄り添った。

「さんざん泣いて、気がつくと、夜が終わり、明けていこうとしていました。白い霧が立って、綺麗だけど、寒々とした光景が辺りに広がりました。

霧を吸い込むと、息が苦しくて、胸がどんどん冷えていくようでした。捨てられたものたちの山の中に立ち、ひたひたと打ち寄せる湖の水を見ている内に、ふと、自分もごみみたいなものだな、と思いました。——じゃあ、もうここから帰る必要も無いじゃないか、と、自然にそう思ったんです。

湖の水は冷たそうでした。あそこに入ればいいんだと思いました。そうしたら、二度と起きなくて良くなる。朝を迎えなくてもいいんだ、と思うと、湖の中に、駆け込みたいような気持ちになりましたね。

で、湖にいまにも踏み込もうとしたときでした。波打ち際に、白いものが落ちているのに気づいたんです。——白い猫のぬいぐるみでした。

それがねえ、なんだか見たことがあるような、記憶にあるぬいぐるみなんです。青いガラスの目をして、赤いリボンをして。

濡れているのを水の中から抱き上げて、そして、ぬいぐるみにしてはおなかの辺りの感触が固いのに気づいて、思い出しました。

子どもの頃に、これと同じおもちゃを持っていたなあ、と。

昭和の時代に流行った、動くおもちゃでした。口を開けて鳴きながら、歩くんです。いまの時代の電子おもちゃからすると、ほんとうにおもちゃらしいおもちゃというか、見るからに作り物なんですけどね。鳴きながら歩く犬猫のぬいぐるみって、昭和の日本ではずいぶん流行ったものらしく、ある時期たくさん作られて売られたんですよ。

壊れたまま、店の倉庫に転がっていたのを、子どもの時に見つけて、僕、見よう見まねで修理したんです。あれは、小学校の一年生か二年生くらいの、ごく小さな頃だったと記憶しています。錆びた電池ボックスのさびを落とし、あちこち断線していたのを、直してやり、つなぎなおしました。

そしたらね、おもちゃに新しく電池を入れて、スイッチを入れたら、それまで命を持たないただの物体だったものが、動き出したのが嬉しくて、ですね。モーターの動く音や、軸の回る音、歯車の回る音が嬉しくて。何かこう、魔法ではないと頭ではわかっていても、自分が物語やゲームの世界の中の、錬金術師か魔法使いになったみたいな気がしました。

そうして、それを、ちょうど遊びに来ていた、親戚の小さな女の子が見ていたんですね。目を丸くして、すごい、すごい、と、喜ぶ様子を見ているとどきどきしました。その子も同じことを思ったんでしょうね。素敵な笑顔で、

『魔法みたい』そういいました。

ぼくは、自分が物語の世界の中に入ったような、そんなくらくらした気持ちになりました。この手が魔法を使ったように。

そしてね、思ったんです。僕には――人間には魔法は使えないけれど、電池とモーターと歯車と回転軸があれば、動かないものを立ち上がらせ、命を宿すことができるんだ、と。

たぶんあのときの感動が元になって、僕は、ものを作る人間になりたいという夢を持つようになったんだと思います。

僕はずっと魔法を追いかけていました。工学部に入り、卒業して、最初はパソコン、やがて、携帯電話の開発部隊に入った頃には、最先端の魔法を使いこなし、携帯電話という手の中に収まるものに落とし込む、みんなの日常の中に、小さな奇跡や魔法を顕現させたいと、そう思って、働いていたんです。

ぼくはずっと、あの現場で魔法使いでした。携帯電話は、僕にとっての、大切な魔法だったんです。あの日、猫のおもちゃが動いたときに目を輝かせて、魔法みたい、といってくれた、あの子の声が、ずっと耳の底に残っていたのかも知れません。

そんなことを――日常の中では、特に意識していなかったことを、濡れた猫のおもちゃをみているうちに、僕は思い出したんです。そのとき、不思議なことが起こりました。びっしょりと濡れている猫のおもちゃ、スイッチを入れたわけでもないそれが、急に口を開けて、一声鳴いて、足を動かしたんです。一瞬のことでした。でも、たしかに僕はそれを自分の両腕で感じました。

僕は、帰らなくちゃ、と思いました。腕の中のおもちゃは、『生きている』。これは直せばまだ、動くかも知れないから、と。猫のおもちゃを抱いて、僕は湖を離れました。明るくなってきた道を、道路沿いに歩いてそして、駅を目指しました。

昔、子どもの頃に僕が修理した猫のおもちゃは、いつの間にか、僕のそばから消えていました。僕は大切にそばに置いていたんですが、見るからに女の子向けの、かわいい猫のおもちゃですから、親があの、親戚の小さな女の子にあげちゃったらしいんですね。そこのうちで、その猫が大切にされたのか、それともそうでもなかったのか、僕は知りません。

濡れた猫のおもちゃは、大事にタオルにくるんで、リュックに入れて背負いました。猫と一緒に、電車で家に向かって帰りながら、僕はそのおもちゃが、昔僕のそばからいなくなったあのおもちゃで、僕のところに帰ってきてくれたような気がしていました。そんなことありえないってわかっていたんですけどね。だってそんな魔法のようなこと、起きるはずがない。

でもね。そのときね。子どもの頃の僕は、猫がいなくなったことを、泣きたいほど悲しかったことを、思い出したんです。でも、泣いちゃいけないと思って、そのときの僕は我慢したんですね」

穏やかな表情で、そのひとは笑った。

猫のおもちゃのお化けの方は、何を思うのか、にこにこと笑いながら、そのひとを見上げていた。

「電車に乗っている内に、朝が来て、バスに乗り換えて、うちに着く頃にはすっかり昼でした。姉一家が賑《にぎ》やかに父と盛り上がっているところを、ごめんねと通り過ぎて、自分の部屋に入って、リュックを開けたら——。

不思議なことに、あの猫はいなかったんです。大切にタオルにくるんで、リュックに入れたはずだったのに。濡れたタオルだけが、そこにありました。

部屋の畳の上で、あぐらをかきながら、狐につままれたような気持ちになりましたよ。

そのとき、親父が、寿司とったから、と、襖《ふすま》を開けて声をかけてきました。姉貴と甥と姪が、おいでおいで、と呼びに来ました。いま思うと、急に旅先から戻ってきた僕の、その様子がどこか尋常には見えなかったんでしょうね。肉親の勘で、自分たちの方へ、呼び戻そうとしていたのかも知れないです。

寿司、と聞いてお腹が鳴って、初めて僕は、ゆうべからチョコをひとかけらしか食べていなかったことに気づいたんです。久しぶりに食べた出前の寿司は美味しかったですね。親父がまた、特上を頼んでくれてまして。で、仏壇の前で、甥や姪と特撮や漫画の話をし、姉貴や親父と四方山《よもやま》話をするうちに、楽しくなってね、あれはなんでしょうねえ、憑き物が落ちたというか。もう死にたいとは思わなくなったんです。まあ実際、もう一度、死にに行くには、あの湖は遠すぎましたしね。それに美味しい寿司を食べ、熱いお茶を飲んだ後、振り返ると、自分はなんと恐ろしいことをしようとしていたんだろうと、背筋が寒くなりました。

不思議なのは、あの猫のおもちゃのことです。波打ち際で拾ったと思ったことも含めて、あの夜に僕が見たと思った、出来事のすべてが幻覚だったのか。

あの夜の僕は、いろんなことにひどく疲れていて、月の光と夜の湖に化かされたようになっていましたから、そう考えるのが当たり前のような気もします。理性はそれが正解だろうといっているような。

でもね。そう思いたくない自分もいたりして。——ほら、何しろ僕は、魔法が好きで、水守先生の書かれるような、現実と空想の狭間に存在するような、不思議な物語を元から好きですしね。生涯に一回くらいは、こんな不思議な体験があったっていいじゃないかと思いました。

だから、僕は子どもの頃になくしたおもちゃと再会したんです。あの湖で。

そう思いたかったので、水守先生に、白い猫の姿が見えるというお話が聞けて、とても嬉しかったんです。僕には何も見えませんが、やっぱり、信じることにします。

そう決めました。この先の未来もきっと。

この街での最後の思い出に」

にこ、とお兄さんは微笑んだ。

自分のそばで、その猫が、同じ表情で笑っていることに気づかないままに。

「考えてみれば、今日のこのタイミングで、水守先生とお話ができたことも、魔法みたいですね」

「この街を離れられるんですか?」

十分休みましたからね、と、お兄さんは店の中を見回しながら、にっこりと笑った。

「湖から帰ってすぐに、思いついて、親父に話して、ここで、おもちゃの病院を始めたんです。僕は、新しいものを作る現場からは離れたけれど、直す魔法はいまもまだ使えるじゃないか、と気がつきましてね。

お客さん、たくさんいらしていただけて、嬉しかったですね。ここで、壊れたおもちゃを直しながら、自分の傷も治してきたような気がします。元通りの姿になったおもちゃたちを嬉しそうに迎えに来てくれるお客さんたちを見て、エネルギーを蓄えた感じといいますか。

また物作りの現場に戻りたいと思います。実は、三年前までいたところは、会社そのものがもう他の会社に吸収されて無くなってしまいまして。戻るところはもうない状態からのスタートなんですけどね。

でも、やるだけのことは、やってみます。何を作るか、どこに行くことになるかはわかりませんが、新しいものを作り出し、最先端を行くような場所へ、僕は戻りたいんです」

猫のおもちゃのお化けは、そう話すお兄さんを得意そうに見上げて、また笑う。

この猫は、これからもずっと、このお兄さんのそばにいるんだろうな、とわたしは思った。

いやそもそも、このお兄さんが気づいていなかっただけで、猫は最初からずっと、このひとのそばにいて、見守っていたのかも知れない。

お兄さんはたぶん、最初からひとりぼっちではなかったし、これから先も、そうなのだ。

「ああ、久しぶりにたくさん話しました。息が切れてしまって」

お兄さんは笑う。照れたような表情で。

「その気になればこれくらい喋れるって、僕、初めて気づいたかも知れないです。面接の時に有利かも。プレゼンも昔は苦手でしたが、いまならできる気がします」

営業、はさすがに無理かも知れないけど、と、お兄さんは顎に手を当てて呟いた。

そして、

「何を作るかはわかりません。でも、この手でまた、ひとの世界を照らすものを、ささやかな魔法を作り出したいと思うんです。

僕はまた、魔法使いたちの現場へ戻ります」

それはほんとうにさわやかな笑顔で、わたしは、そのひとの幸運をこころから祈りながら、お人形の入ったバッグを抱えて、店を出たのだった。せっかく知り合えたのに、もうじきお別れになるのかと思うと、それはさすがに、さみしくはあるけれど。

振り返ると、ガラスのドア越しに、お兄さんが笑顔で手を振っていて、そのそばには、ちゃんとあの猫がレジのテーブルの上にいる。明るい表情で、にこにこと笑っているのだった。

ふと、思った。

あのおもちゃは、昭和の時代にたくさん作られたというけれど、最初にあの動くぬいぐるみを作ろうと思ったひとも、工場で手早く縫い上げ、組み立てたひとたちも、忙しく働く心のどこかで、一瞬でも、この猫が手元にいくだろう子どもの幸福を祈ったことがあったのではないだろうか、と。

もしかしたら、その祈りがきっかけで、あの猫は「化ける」力のそのもともとのきっかけを手に入れたのかも知れない。

(それもまた、きっと魔法だよね)

ひとの目には見えない、気づかない魔法。

見知らぬ誰かのための、尊くて、純粋で、密やかな魔法。

この世界にある、ひとの手によって作られたたくさんのもののひとつひとつに、たとえばあのお兄さんが携帯電話に「魔法」を落とし込もうと思ったように、どこかで、誰かの思いがこもっているのかも知れない。

手にするひとに、笑って欲しい。喜んで欲しい、驚いて欲しい、と。

「わたしたちが作る、本だってそうだものね」

手に取る誰かのことを考えて、わたしたちは本を作る。

できれば楽しんで欲しい。もし辛いときには、一瞬でも、その気持ちを忘れて欲しい。そんな願いはいつも、意識しなくたって、現場では共有されている。

世界は、たくさんの願いを込められた品物に溢《あふ》れている。誰かの願いに守られている。

ささやかで、密やかな、優しい魔法に。


夕方が近づいて、少しだけ傾いた春の日の中で、包装紙の紙とインクの、こころ弾む匂いを感じながら、わたしは石畳の道を、のんびりと歩いた。

荷物が増えてしまったけれど、ケーキも買おうかな、なんて考えながら。

第四話　雪の精が踊る夜

竜宮ホテルの屋上のすぐ下の階、いちばん上のフロアの大部分は、客室ではなく、大きなガラスの窓に包まれた、広々としたホールになっている。その昔は、イベント会場や結婚式場、何よりも、メインのレストランとして使われていた部屋だったのだそうだ。

ここしばらく、少しずつ、その部屋のリノベーションが進んでいて、いまはほぼ完成したところだった。

寅彦さんにこの間、見せて貰《もら》った。白く美しい壁に、高く丸い天井。三つ下がったシャンデリア。昔風の色の金の金具から、光の雫のようなガラスの粒が無数に垂れ下がっていて、美しかった。天窓から降りそそぐ日差しが、それを輝かせていた。

広い部屋の四方に続く、大きな窓の数々を囲む枠は、丁寧な彫刻の入った、つややかなローズウッド。そこにかかる、光を織ったような、美しいレースのカーテン。空襲の炎で焼ける前、戦前のこのホテルの、象徴であった部屋の一つだと、寅彦さんは美しく復活した空間を、誇らしげに見せてくれたのだった。

「いずれまた、レストラン兼ホールとして使おうと思っているんですよね」

久しぶりに日本に帰ってきた草野先生が、コーヒーハウス『玉手箱』で、これも久しぶりにネルドリップのコーヒーを入れてくださりながら、そういった。

「このホテル、いまメインのレストランが無い状態でしょう？　なんとか食べ物が出せるのは、このコーヒーハウスしかない。やはり、ちゃんとしたホテルには、ちゃんとしたレストランがなくちゃいけません」

良い香りのコーヒーをカウンター越しにわたしに差し出しながら、自分の言葉にうなずくようにした。

「メインダイニングがないホテルなんてねえ」

ここ、竜宮ホテルは、このひと——著名な作家であり、有名な俳優にして、世界を股にかけた食通でも知られる、草野辰彦《たつひこ》先生が先祖から受け継ぎ、守っている歴史あるホテルだった。

昭和の時代の戦争で、その多くの部分が焼け落ちてしまったため、長い時間をかけて戦前の姿に戻すための修復が行われている。ひとが住まない建物は傷むので、ということで、草野先生の眼鏡に適う客人が選ばれて、それぞれの部屋に見合う家賃という名の宿泊費を払いながら、暮らし続けている建物だった。

元がホテルなだけに、普通のアパートやマンションならあるような、シンクやコンロが一部の例外の部屋をのぞいてはなかったりなどの、若干の不便さはある。その代わり、内装が美しかったり、歴史のあるホテルにふさわしいような、多数の本が揃えられた図書室があったり、地下には温泉があったりもする。屋上や一階にある温室の緑も美しかった。

このコーヒーハウスのことも、もちろん気に入っている。

わたしは熱いコーヒーの香りと味を楽しみつつ、床に置かれた小さなツリーの電飾の、その点滅を見つめる。十二月。じきにクリスマスが来るという時期のこと。ホテルのロビーには、去年と同じに、大きく古いクリスマスツリーが飾ってあり、おとなの住人たちの童心をくすぐり、ひなぎくやキャシーたちリアルな子どもたちを喜ばせていた。

わたしは縁あって、草野先生のひとり息子の寅彦さんに招かれて、このホテルに住まうようになったけれど、とても居心地が良くて助かっていた。――居心地が良い、というのは、美しく素晴らしいホテルだから、ということもあるのだけれど、ここが若干変わった属性と由来を持つホテルだから、ということもあった。

このホテルを建てた、錦織羽兎彦《にしきおりうとひこ》は、寅彦さんの曾祖父にあたる。その時期は華族の若き冒険者として、自ら所有する複葉機《ふくようき》に乗り、世界中を飛び回っていた。その若き日、アラビアの魔法の王家の姫君を妻として迎えた、という逸話もあるらしい。

それで、ここから先は、若干お伽話めいた話なのだけれど、この羽兎彦というひとは、実は、妖術や魔法の技に詳しく、また自らも魔法を使うことができた、という話があるそうで——実際、このホテルの図書室には、彼が書いた魔法書があるのだった。

それが本物だということは、昨年の冬にあった、ある事件でわかっている。世の中には、魔法も魔法使いも、存在していたらしい。

まあこの竜宮ホテルには、未来から来た少年もいれば、立派なたてがみのライオンの幽霊もいる。元アイドルタレントだった、美少女も気まぐれに出没するし、戦時中に命を落とした可憐な女学生が白いワンピース姿で、温室に置かれたピアノを弾いていたりもする。

ある意味、ホラー映画や怪奇小説の設定のような建物であるといえるわけで、そう語るわたし自身もまた、先祖が妖精にした願い事に起因する呪われた血筋に生まれついたという、物語めいた出自を持つ作家なのだけれど。

そう、それで、この居心地の良さには、いろんな理由があると分析していたのだけれど、まずはホテルの内装の美しさや、繁華街にほど近く便利で、かつ、ほどよく離れているためにうるさくない、という理想的な立地条件のせい、ということがあるのかな、と、わたしは思っていた。

ホテルのオーナーである草野先生が趣味人で、ホテルの隅々にまで目を配って、いつも完璧に整えている、ということと、その息子の寅彦さんが、その優しさと、やや細かい（ところもある）性格の故もあってか、ホスピタリティが万全なのも、その理由だろうと。

そして、地下に湧いている天然温泉も、実は、居心地の良さの大部分を占めるのだろうとわたしはひそかに思っていた。——何しろ、肩こりと頭痛持ちだったわたしが、ここに住むようになってから、ずいぶん症状が改善したのだ。以前は頭痛薬と湿布が欠かせないくらいだったのに、いまはもう、寝不足の朝の、たまの頭痛が珍しく思えるほどだった。

「素敵なホテルがさらに素敵になっちゃいますね」

わたしは微笑んだ。自分がここに長くいられるとは思っていない。だから、竜宮ホテルが、より美しく、より便利になろうとしていることが、どこかまぶしく、どこか——さみしかった。

わたしには、わたしが好きなひとに災いをもたらしてしまう呪いがかかっているらしい。昔、母にそう聞いた。誰かを幸せにする、そういう力と妖精をみる目を持っている代わりに、自分と自分に縁の深いひとたちが幸せから遠ざかり、災いに巻き込まれる、一種疫病神的な呪いをその身に受け継いでいるらしい、という話だった。はるか遠い、おとぎ話にあるような時代に生きたご先祖様から伝わる呪いだ、と。

なので、ここに落ち着くまでは、子どもの頃から、なるべく他人とかかわらず、友達すら作らないような、そんな日々を過ごしてきた。不思議と出会いの縁が転がっていって、この素敵な場所に住むことになり、いささか自分のリズムを崩した状態のまま、ここに気持ちが根付いた。

いまではホテルの中に、友達と呼べるひとも何人もできてきたし、寅彦さんは（まだ打ち合わせをしているだけの段階で、本を一緒に作ってはいないけれど）とても気のあう担当編集者だ。ロビーやエレベーター、屋上庭園で出会う他の住人たちとも、深く話すことまではまだないひとびとでも、親しみを感じることが多い。このホテルでは季節ごとに、他のホテルがそうであるように、クリスマスの飾り付けをしたり、食べ物や飲み物をふるまい、あるいは住人を招いてパーティを開いたりもするのだった。以前はそういったにぎやかな場所が苦手だったわたしだけれど、ここに来てからは、さほどそう思わなくなった自分の変化に気づいていた。

だんだんこの場所に馴染《なじ》んできていたのかもしれない。何よりも、妖怪の里から来た、猫耳の少女、ひなぎくを血の繋がっていない妹のようにそばに置いてかわいがっているという辺りが、いままでのやどかりのように殻に閉じこもることの多かった自分とはまるで違う、「普通」の人間がした選択のようで、夢でも見ているような気分になることもあるのだった。

(でも、いつでもこの生活を終わらせる覚悟はできてるんだ)

仲良くなった誰かとの会話を楽しんでいるときも、温泉のお湯のあたたかさに目を閉じているときも、もし自分がここにいることが、みんなに不運をもたらすのなら、いつでも綺麗に諦《あきら》めて、どこか遠くへ引っ越す決意はできていた。——でなければ、こんな良い場所に、自分はとても住む気持ちになれなかった。

ある意味、だましだまし、ここにいるような、そんな情けない選択だったのかも知れないと思うのだけれど。

そんな思いが表情に出たのだろうか。

「どうなさいましたか?」

草野先生が、低く優しい声で問うた。甘くてつややかな響きを帯びた穏やかな声は、まるでその手がついだ、良い香りのコーヒーのようだった。

答えに逡巡《しゅんじゅん》していると、

「まさか、このホテルをいつ離れようかとか、そんな縁起でも無いことを考えてらっしゃるとか、そんなことじゃあないでしょうね？」

鋭い。

先生が、ふうとため息をつく。

「――このホテル、どこかお気に召さないところがあったでしょうか？」

「いやそれは違います」

大ファンの先輩作家にそういうことをいわれてしまうと、否定せざるを得なかった。

「違うといいますと……？」

そこで、ぽん、と、先生は手を打った。

「まさかあれですか？　自分がいると、まわりが不幸になるかも知れないという、あれ。

ご先祖様が、妖精に間違った祝福を受けてしまったらしい、というあの因縁の」

「……はい。ええと、そうです。その……」

わたしはコーヒーカップを皿に戻して、自分の心に浮かぶ言葉をどう伝えたものか、と、しばし悩んだ。

「わたし、こちらのホテルとご縁があって、よかったと、ほんとうによかったと思っています。感謝しています。……何しろ、肩こりと頭痛もよくなって、すっかり頭痛薬いらずに――いや、そういうことじゃなく……」

わたしは顔を赤くしてうつむいた。

こういうとき、満ちる先生のように、立て板に水、の勢いで語れる話術があればどんなによかったろうと思う。まあ代わりにあのひとは、言葉がなめらかすぎて、時に暴走し、一言多くなってしまうのだけれど。たぶんわたしたちは、足して二で割るとちょうど良いような気がしないでもなかった。

「頭痛薬、いらなくなったんですか？」

なぜか、草野先生は興味深そうに訊き返してきた。

「は、はい」

「体調がよくなったということですよね？」

「はい」

それは間違いない。どれほど徹夜を繰り返しても、そのあといくらか休めば、翌日には元気に起きられるようになった。

そして朝からごはんが美味しい。これは朝に弱いわたしには画期的《かっきてき》なことだった。

「――ひなぎくちゃんが朝、美味しい朝食を作ってくれるからかな、と思ったりもしてはいるんですが……」

薄揚げや絹さやの入った、赤だしのお味噌汁に、炊きたてのごはん。お魚を一切れ、麹《こうじ》につけたり、味噌を塗ったりして焼いたもの。林檎《りんご》や黒豆、寒天寄せ。彼女は毎朝、下の階のキッチンで美味しくかわいらしいものを作って、部屋に運んでくる。

「人間の街は、毎朝、こんなにご馳走をいただいてもいいんですね」

そんな風に、目を輝かせて。

「里は土が痩せていて、あまり良いものがとれなかったし、川を泳ぐお魚も、みんな痩せて小さかったから、骨ばっかりだったんです。

この街のお食事は、毎日がお正月みたい」

朝の光が入る、大きな窓からの日差しを浴びながら、彼女とふたり、それに煮干しと水を前にしたくだぎつね二匹と、いただきます、と手を合わせ、わたしたちは朝食をいただく。

お味噌汁から立ち上る白い湯気と、よい香り、炊きたての白いごはんの薄甘い香りを楽しみながら、軽い会話を楽しむ時間――そうして、わたしたちのホテルでの朝は始まる。

そんな風に、朝からきちんと丁寧に作られたものを食べて始める暮らしが返ってくるなんて、このホテルでの暮らしが始まるまでは、想像をしたこともなかった。

もともとわたしは、食べ物にそれほど執着がない。手先が不器用なせいか、料理も得意とはいえない。グルメで料理がうまい母と暮らしていた頃は、母がプロはだしの美味しいものを作るし、作ったものをちゃんと食べないといじけるし怒るので、食欲がない朝でも、仕方なく箸をとっていた。口にすればたしかにいつだって美味しかったし。それに、母の幸せそうな笑顔を見ると悪い気はしなかった。何しろ、テーブルに頬杖をついて、「美味しい？　ね、母さんの作るものは、いつだって最高に美味しいよね？」と、笑顔で訊いてくるのだ。美味しい、と返事をするまでは。

多少めんどくさいけれど、おとななのにかわいいひとだなあ、と、いつもつい笑ってしまっていた。そうすると、母さんも嬉しそうに笑って、得意そうに何やら踊ったりうたったりしながら、台所に帰っていくのだ。

けれど、ひとり暮らしになってからは、うるさいことをいうひとはもういなかった。料理を作ってくれるひとも。

仕事もずっと忙しかったので、コンビニでパンやサンドイッチ、おにぎりを買ってすませることも多かった。時間があれば、アルミの鍋に入った、鍋焼きうどんも助かるものだ。コンロにかけるだけで、からだをあたためる、立派なご馳走になる。

仕事をしながら、パソコンの画面を見つめながら、食べられるものはありがたかった。どうせ、美味しいかどうか、訊いてくるひとはもういなかったのだし。

（ああ、そうか）

もちろん、できたての朝食が美味しいからの早起きではあるのだけれど、何よりも、「お姉様、美味しいですか？」と笑顔で訊ねられる気分が、素敵で懐かしかったからかも知れなかった。

「……いっぱい食べ過ぎて、ちょっとウエストまわりが太っちゃったかな、と、それで悩んじゃうくらいです」

あはは、と草野先生が笑う。

「もっと肉がついてもいいくらいですよ。最初の頃は、ダイエットでもなさってるのかと思っていました。

ええと、真面目な話ですが。ここに、このホテルにいることが、響呼先生には体質的にあっているのじゃないでしょうか？」

「体質的に、ですか？」

「こういう言い方をしてもいいものかどうかわかりませんが、あなたはいってみれば、現代日本に生きる魔女のような存在です」

ううう、とわたしは言葉を飲む。

たしかにそうかもしれない。

わたしは、魔女だ。

去年のクリスマスには、図書室の蔵書の、羽兎彦さんが著したという魔法書を手に、そこに書かれた魔法の呪文を読み上げた。

魔法の力を使って、この世界のものどもに何らかの物理的な影響を及ぼす——奇跡を起こすものを魔女と呼ぶと仮定するのならば、わたしは立派な魔女だといえるだろう。

先祖から受け継いだ癖のある長い髪は赤く、両の目の色は淡い榛《はしばみ》色で、片方の瞳は、地上に生きるあやかしを見る。そんな女を魔女といわずして、なんと呼ぶのだろう。

子どもの頃、正義の魔女っ子に憧れたことはあったけれど、いざ自分が魔女なのかも知れないと気づくと、心が重かった。

そうか。わたしはそもそも最初から人間の仲間、その眷属ではなかったのだ。

「ああ、いや」

と、草野先生が、宙で手を振るようにする。

「だから、それが悪いという意味ではなく――あなたのような、いってみれば、不思議や幻想の世界に近い方には、この魔法の力で守られたホテルが、住まうのにはちょうど良いということなのだろうと、そういうことです」

「ちょうど良い？」

草野先生は、今度は自分用にコーヒーを入れながら、言葉を選ぶように時間をかけながら、話し続けた。

「あなたもご存じの通り、このホテルは、魔法使いであった、我が家の先祖錦織羽兎彦が、何らかの目的を持って設計し建築した、魔法で守護されたホテルです。図書室には魔法書が普通の書物と交じって並んでいますし、いろんな壁や柱には、実はさりげなく、魔法円や魔法の呪文が書き込んであります。

このホテルを修復するにあたって、わたしも実際に、そのいくつかをこの目で見ましたし、こういったものごとに詳しい、古い友人である安斎くんや、柳骨董店の主の助けを借りて、極力元通りに復活もさせました」

伝奇小説の中のキャラクターが呟く台詞《セリフ》のような言葉を、草野先生は語る。街の噂でも話すように、微笑みを浮かべて。淡々と。

「で、ですね。柳くんがいうには、このホテルには陰の気が満ちている、らしいのです。言葉は悪いのですが、死や墓場に近いような、そんな場所であるようにと念じられ、建てられている、と」

背筋がぞくりとした。

「――ホテルなのに、ですか？」

このホテルは、昔はたいそう流行った一流のホテルだったと聞いたように思うけれど。

「ホテルだから、です」

先生は微笑む。

「これは彼からの受け売りなのですが、デパートやホテル、劇場などのように、ひとが集まりひとときを過ごし、そしてまた別れる場所、お金を散じるような場所では、あえてその場所に、陰の気が集まるように建築することもあるのだそうです。

それが日常の暮らしとは違う、祭りの場、非日常の世界であるから、と聞きました。

太陽の下で、明るく暮らすための呪文ではなく、月の光の下で休らい、夢を見て、心静めるような呪文が、この建物のそこここにあると、柳くんはいいました。この竜宮ホテルは、いわば月の光に守られたような、そんな場所なのだそうです。

羽兎彦は、裕福な家に生まれ、生活にちらりとも困ったことがないせいか、浮き世離れしたところのある、永遠の冒険者でした。けれど彼がホテルを流行らせるためだけに、そんな建築を試みたとは、わたしには思えません。なんらかの意味があって、この謎めいたホテルを建てたのでしょうけれど。おそらくは魔法的な。

ここには種々のあやかしが惹かれてくるだろう、と、柳くんはいいました。ここはいわば、あやかしを招く磁力を持つ場、魔物を集めるホテルだと。そのことによる、吉凶は様々にあるだろう、しかし、ここは基本的に霊的なものによって守られた場所である、とも、彼はいいました。古今東西の魔法の知識について博識な彼をもって、出所がはっきりとはわからないような、古代の複雑な守護の呪法を、いくつも施してあるという話でしたよ」

草野先生は軽く肩をすくめる。

「実際、わたしも、そして寅彦も、幾度も危うい状態から助けられています。それどころか、特に寅彦は、子どもの時から、幸運としか出会わないような、ラッキーな男ですからね。あの子の不幸は、母親と別れて育ったということだけで」

そして、といいかけて、口をつぐんだ。

そのとき先生が話そうとして話さなかったことについて、わたしが知ったのはそれよりもずっとあとのことになる。

そのときのわたしはただ先生の言葉に耳をかたむけていることだけに精一杯で言葉をききかえすことなどできなかったのだ。

先生の眼差しが切なげに曇った。でもそれも一瞬だけのことで、先生はわたしを振り返ると、穏やかに言葉を継いだ。

「ここでは、魔物もその牙をむくことを忘れ、静かに休らう。そういう場所なのだという話です。魔物たちは追われるわけではない。浄化もされず、ただ、休らうと。そして、すべての善き魔法は、月の守護を得て、より大きな力を持つだろう、という話でした」

そうか、とわたしは思った。

去年のクリスマス、初めて読んだ魔法書で、わたしごときが唱えた魔法の呪文が力を持ったのは、このホテルの持つ守護の魔力のバックアップがあったからなのかも知れない。

「つまり、わたしがいいたいのは――」

先生は、やや身を屈め、わたしの目をじっとのぞきこむようにした。

「ここにいる限り、あなたが運命づけられているかも知れない、不幸な因縁は、打ち消されている可能性がある、ということです」

わたしは言葉を飲んだ。

驚いて、まばたきを繰り返した。

だって、そんなことがあるだろうか。

そんな素敵なことが。

「響呼先生、あなたのその、呪いのことは、寅彦から聞きましたし、先生ご自身からも、何回かお話をうかがいました。で、推察するのですが、あなた自身が魔女——あやかしの側に近い要素を持つひとである以上、その身が持つかも知れないものは、ここにいる限り、休らい、その呪いの効力を忘れている可能性がある、ということです」

「ここにいれば……誰も不幸にしたりしないですむかも知れない、ということですか？」

喉が渇く。渇きすぎて、痛いほどだった。

草野先生はうなずいた。

「そして、あなた自身も不幸にならない、ということです。このホテルで暮らすようになってから、頭痛も肩こりも治り、食欲も出た——つまり、健康になった、とおっしゃいましたね？」

「はい」

「その『呪い』はあなたとあなたの周りのひとびとにふりかかるようだ、と聞きました。つまり、あなたがこのホテルにいることによって、あなたの大切なひとびとだけでなく、あなた自身も、守られていると、そうわたしは推察しますが、いかがでしょうか？」

「えっ」

わたしは言葉を失い、ただ、無意識に、呼吸を落ち着けようとするように、自分の胸元に手を置き、うつむいた。心臓が跳ねるように、速く鼓動しているのがわかる。すっかり冷めたコーヒーに、とまどったような自分の顔が映っている。たまにその像が揺れるのは、わたしが震えているからだった。

「じゃあ、ここにいる限り、わたしは——誰かを傷つける心配をしないですむ……かも知れない、ということですか？」

声がかすれ、裏返る。

「あなたも傷つかなくてすむだろう、ということですよ」

カウンター越しの優しい声が、降るように響いた。

「不幸な目に遭うこともなく、事故に遭遇することも、病を得ることもなく、本来の寿命を全うすることができる——つまり、響呼先生、あなたにとって、この竜宮ホテルこそが、いわば運命づけられた、本来の居場所だったのかも知れません」

「そんなことがあるのでしょうか」

そんな幸せなことが。

涙ぐむほどに幸せな、あたたかな運命が。

ふふ、と、草野先生の声が笑う。

「わたしはひとの、運命や宿命というものがあると信じている人間でしてね。

それともうひとつ、信じている真理がある。

他人に優しいひとは、きっとそれだけの見返りを得る、ということです。不幸な誰かに手をさしのべ、孤独な迷い子に道を教え、身を削って誰かに幸福をもたらしたひとは、きっとそれに見合う贈り物を、何か目に見えない存在から受け取るだろうということです。

響呼先生、あなたはこれまでの人生、運命から救われるだけの善行を重ねてきていますよ、きっとね」

「善行なんて、そんな」

わたしは口ごもる。いつだってわたしは、小説を書いていただけで。それって、好きなことを積み重ねてきただけのことで。そもそも、食べるためにしてきたことでしかないのかも知れず。

他に何か、天から報われるような、たいそうなことをしてきただろうかと、自分の記憶の中を探ったけれど、思い当たることはなにひとつなかった。

「おや、忘れましたか？」

草野先生は、くすくすと笑う。

「あなたと竜宮ホテルが、どうやって出会ったのか。その夜のことを。

響呼先生、あなたは、六月のある日、降りしきる雨の中にひとりぼっちでいた、縁もゆかりもないはずの妖怪の女の子を何とか助けたい、その力になってあげたいと、それだけのために、寅彦にここにきたいと願ったのではないですか？　あの子をあたかなところにつれていってあげたいからと。何の欲もない、ただ、通りすがりの子のことを思う、純粋な願いが、あなたをこのホテルに縁づけた」

わたしは顔を上げた。

あの六月の、光と煌めきに満ちていた夜を思い出す。傘に弾ける雨粒が、虹色に見えていた、あの、梅雨の夜のことを。紫陽花《あじさい》と蔦と木香薔薇《もっこうばら》に覆われた、この美しいホテルに、ひなぎくを抱いた寅彦さんに導かれ、たどりついた夜のことを。

あの雨の夜から、すべてが始まったのだった。

竜宮ホテルでの、あたたかな日々が。

「思いだしてください。もしあなたがあの夜、ひなぎくちゃんを救おうと思わずに、ただそばを通り過ぎていたら。あの子と関わり合いになろうと思わなかったら。

響呼先生、恐らくあなたは、この竜宮ホテルと縁ができてはいなかったでしょう。そこに住まう、我々とも。他の住人たちとも」

たしかに、とわたしは思う。

もしひなぎくに関わり合い、彼女を救おうと思わなかったら、わたしは寅彦さんと必要以上に関わるきっかけからも手を離していただろう。

雨の夜、倒壊した住処《すみか》を見て、途方に暮れながらも、さしのべる寅彦さんの手をさけて、自分ひとりでそれなりに新しい部屋を用意しようとしていただろう。そしてまた、その部屋に閉じこもり、必要以上に誰とも関わりを持とうとせずに、やどかりのように暮らし続けていたのに違いない。

そんな自分を想像すると、心が冷えた。

いまのあたたかな暮らしを経験してしまえば、もうそんな寒さは耐えられないと思える。

「あなたは、小さなあやかしの少女を助けただけでなく、我が身をも救ったのですよ。あの夜が恐らく、響呼先生の運命の分岐点だったのです。幸せになるための」

情けは人のためならず、とはよくいったものですね、と、先生は笑う。

そして、言葉を継いだ。

「だから、響呼先生。このホテルを離れようなんて思わないでくださいね。そんなことしたら、わたしもさみしいですし、何よりも寅彦が悲しみます」

「そうでしょうか。だとしたら、光栄です」

わたしはふふ、と笑った。

もうホテルを出るつもりはなくなっていて、あたたかな日差しにあたっているような、穏やかな気持ちになっていた。

「といってもですね。――そりゃ、同じホテルの中に、担当作家が暮らしていれば便利だろうと思いますけれど、わたし、恩がありますから、どこに引っ越したとしても、仕事はきちんとすると思いますよ」

こう見えても、締めきりは極力守る方だという自負はある。ましてや寅彦さんの場合、ひなぎくのことでもとても世話になっているし、あの子がとても懐いているから、いくらでも恩義があるのだった。

ふう、と、なぜか草野先生が、自分の額を支えるようにして、ため息をついた。

苦笑しながら、

「あの子も、なかなか報われないなあ」

「あの」思わずわたしは声を上げた。

「もちろん、このホテルに、その、この先も住まわせていただけたらと思っています。ずっと……あのう、お許しいただける間は」

「もちろんです」

にっこりと笑って、先生はうなずいた。

「末永く、ここにいらしてくださっていいんですよ。ええ、先生さえ良ければ」

「ありがとうございます」

わたしは思わず、両手を握り合わせた。

「それともちろん、寅彦さんとのお仕事も、きちんとさせていただくつもりでおります」

「ええ、あいつとも、末永く仲良くつきあってやっていただけると助かります」

くすくすと草野先生は笑った。

わたしは、目の前が晴れたような気分で、一気にコーヒーを飲み干した。コーヒーはほどよく冷めて、ひやりとした温度がほてった喉に心地よかった。

胸の奥まで空気が入ってくるような、狭い箱の中にいたような日々から解放されたような、そんな気持ちになっていた。

もしかしたら、それは、生まれて初めて味わう気持ちなのかも知れなかった。

(普通のひとには、きっとわからないだろうな……)

それと気づかないうちに、身の回りにいる誰かを自分のせいで不幸にしてしまうかも知れないという、その怖さと、それから解放されたかも知れないという、希望の嬉しさは。

美味しいお酒に酔ったような、ふわりとした気持ちのまま、わたしは何気なく、窓の外に目をやった。光が見たかったのかも知れない。

そのときだった。中庭を横切る、小さくか細い影が見えた。やがて、鈴の鳴るドアを静かに開けて、愛理が姿を現した。今日は彼女のバイトの日だったのだろう。

自分で曲を作ってうたう彼女は、もちろんいずれプロになろうと夢見ている歌うたいの卵のひとりだった。街でうたいながら、ボイストレーニングを受けたり、いろんなオーディションを受けたりしているらしいのだけれど、今のところはまだ芽が出ていない。

小鳥のようにうたう声と、等身大の癖のない素直な歌詞なのに、なぜか耳と心に残る歌を作ることができる、作詞作曲の才能を持っているのだけれど、いつも、あと少しのところで運がついてこないようだった。お人形のように愛らしい容姿をしているし、頭の回転が速いので、デビューさえできれば、絶対に人気が出ると、わたしも、そして草野先生も、思っているのだけれど。

彼女とわたしは、高校時代の同級生だった。長いこと離れていて、このホテルで再会した、友人同士で、彼女はわたしの本の読者であり、わたしも彼女のうたう歌のファンだった。

彼女は、どんな仕事もこなす器用なアルバイターで特に接客業が得意、このコーヒーハウスでは、草野先生にコーヒーを入れる腕を見込まれて、先生がいないときは、店長代理として、見事に店を仕切るのだった。

愛理に声をかけようとして、はっとした。

なぜだろう、浮かない顔をしていた。浮かないどころか、いっそ水底に沈み込んだような、生気のない表情だった。

窓ガラスと扉のガラスを背負う形になっているので、よけいに表情が暗く見える、ということもあるかも知れなかった。

けれど、わたしを認めて笑おうとする、その顔色も悪い。体調が悪いのだろうか？

泣きそうな顔で、くちびるを噛んだ。

胸の奥がどきりとしたのは、愛理は複雑な状況にあるということを知っていたからだった。彼女はわたしにとっては奇跡に思えるほどに、善良で、純粋なひとなのだけれど、大きな不幸を抱えている。——神も仏もないのだろうかと思えるような類いの不幸を。

「あ、えーと、なんでもないのよ」

愛理は、まるでなんでもないことはないような表情のまま、わたしの方へと元気に手をふってみせた。

「えーとね。昨日くらいから、ホテルの庭のどこかで子猫が鳴いてるの。さみしい、悲しそうな声でね。どうしたんだろう、どこにいるんだろう、って気になってさがしてるんだけどなかなか見つからなくて。……迷い子なのかな、それともおうちがないのかな。お母さん猫が近くにいるならいいんだけど」

おなかすいてないかなって。そう心配そうに呟く彼女の声はまるで自分自身がその子猫のように力なく、つかれていて、さみしそうだった。

　愛理は動物がとても好きだ。そのうえとても優しいから、いつも通りすがりのゆきばのないいきものたちの霊を拾ってきてしまう。本人にはそういったたぐいのものは見えないらしいのでいくらかよかったのかも知れないけれど、今日も彼女のそばには車にひかれたらしい、ひどい姿のシェパードや、どこかの水でおぼれたらしい水をしたたらせたねずみたちがよりそうようについてきていた。まるで愛理のそのからだがあたたかなストーブか何かであるというようにそっとよりそうその魂たちは、たまに目を閉じ心地よさげにしている。実際愛理の持つ何かの力が――たぶん無私の優しさや世界そのものを邪気なく愛している気持ちからはなたれる見えない力が、傷ついたものたちをいつもいつのまにかいやしていく。

　わたしにはもう見慣れた情景だけれど、いまも傷ついたシェパードはみるみるうちにはつらつとした背すじののびた姿に戻ってゆき、ねずみたちはふくふくとした毛並の愛らしい姿に戻った。愛理はまるで気づかないけれど、シェパードは彼女の手の辺りにそっとその長い鼻面をよせ、ねずみたちは細い肩へと駆けのぼると、ないしょ話でもしようとするように、その小さな手と桃色の鼻を愛理のほほによせた。

　それはどこか尊いものを敬うような、感謝に満ちた姿で、実際、愛理は彼らにとって地上に舞い降りた天使のようなものだといえないこともなかった。

そして——彼女の歌声にいやされる、わたしたち聴き手にとっても。ひそやかで優しく、世界への愛に満ちている彼女の歌がいつかメジャーになって世界に流れ、満ちるとき、たくさんのたくさんの魂がその傷をいやされるのだろうとわたしは夢想する。

街をゆくひとびとだけでなく、病んだりつかれたりして眠るものたちも、飢えやさみしさや哀しみに力をなくしたものたちも、きっと彼女の作る歌と澄んだ声にふれるとき、また空を見上げる力をとり戻すだろう。

聖なる魔法にふれたように。


「子猫、ね。わたしもあとで探してみようかな」

わたし自身はその声をきいていない。でも他の誰かに、たとえば耳のさといひなぎく辺りにたずねてみたら、何か知っているかも知れない。

「ありがとう」

愛理の表情が、ほんのわずかだけれどやわらいだ。

「見つけてあげないとね」

わたしはうなずく。天気予報ではしばらく雪の予報はでていなかったけれど、それでも空気はとても冷たい。話しているうちに心配になってきた。猫のことはよく知らないけれど、子猫といういきものは、冬にひとりで外にいても大丈夫なものなのだろうか。

作家の想像力で、迷い子の小さな子猫が、ホテルの広い庭のどこかでひとりぼっちでふるえているところを思い浮かべたら、たまらなくなってきた。

ちょうど水をあつかっていたせいか、愛理の様子に気づかなかったらしい、草野先生が、ああ、愛理ちゃん、と朗らかな声を上げた。

「待ってたんですよ。君にぜひ、お願いしたいことがあってね。すごく素敵なことなんだ」

おいでおいで、というように手を振って招く。

「ほら、いつだったか、話したことがあったと思うんですが、うちのホテルの一番上のフロアの広い部屋ね。やっと改装が終わったんですよ。でね、元通り、レストランとして使おうと思っているんです。地上を、この風早の街を見下ろせる、豪華でとっておきのレストランになると思います。コックをね、一流の料理人で揃えようと思ってるんですよ。

そこに、昔通りに、大きなピアノを置こうと思っているんです。美味しいものをいただくときには、とっておきの音楽が必要ですからね。『あのレストランでは、広い空と広がる街が見えて、オリジナルの美しいピアノ曲と、小鳥のような歌声が聞こえる』、そんな風に噂されるようにしようと夢見ています。やがてその音楽は、このホテルの象徴になり、そして作曲者であるところの歌い手は、ここでうたっていたことをきっかけに、日本の音楽界に、そして世界に羽ばたいていく、と、そんなシナリオをわたしは考えています」

わたしは、先生と愛理の表情を見つめた。

愛理は、泣きそうな顔で、目を見開いている。先生のいいたいことが何か理解できていて、でも、なぜか喜んでいない。

その表情を、草野先生はどう理解したのだろう。

愛理の両肩を優しく叩くようにして、いった。

「檜原《ひのはら》愛理さん、君にこそ、この竜宮ホテルの歌姫として、華麗にデビューして欲しいと思っているんですよ。

実は、君のためのピアノももう用意しました。部屋に設置してあります。調律もすみましたし、君さえ良ければいつからでも練習を始めてくれていいんですよ」

何もいわずに、愛理はうなだれた。

「草野先生……」

やがて、かすれた声で、愛理がその名を呼んだ。ゆっくりと首を横に振る。

「わたし……わたしは、お引き受けできません」

色の白い頬を、涙がつたった。

「わたしは、もううたえません。うたい方が、わからなくなってしまったんです」

両手で顔を覆って、泣いた。

わたしは思っていた。――もし、優しいひとにはその報いがあるとするならば。

それならなぜ、わたしの友人である、この心の綺麗な歌い手は、どうしていつも傷つき、泣くのだろうと。

泣かなくてはいけないのだろう、と思った。

この世界にはやはり神様は、存在しないのだろうか、と。


わたしは、その昼下がり、猫の天使のペルさんと、ホテルの図書室で、のんびりひなたぼっこをしていました。本棚じゃあなくて、閲覧スペースといって、本を読むためのソファやベンチが置いてあるところは、お日様が当たるような、大きな窓のそばにあります。

わたしも、そしてペルさんも、ここで日に当たりながら、お外を見るのが好きでした。いまはクリスマス前の時期ですから、お庭には、サンタクロースやトナカイのお人形が飾ってあります。夜になったら、明かりが灯って、きらきらしてとても綺麗なのです。

ペルさんは、元はペルシャ猫で、子どもの頃の愛理さんのお友達だったのですけれど、雪の日に死んでしまって、天使の姿になったのです。愛理さんの守護天使として、いつもそばを飛んでいるので、愛理さんがホテルに来るときは、一緒にやってきます。愛理さんはそのことに気づいていないのですけれど。

いまも、愛理さんがコーヒーハウスにアルバイトに来たので、ついてきたそうです。なぜか、気が重い、そういう表情で、長いおひげを揺らして、ため息をつきました。それにしても、背中に畳んだ、大きな白い羽が不思議で、わたしは以前から思っていたことを、ペルさんに訊ねることにしました。

『わしが、なんで普通のお化けでなく、羽がついた天使の姿になったのか、じゃと？』

日差しの中で、銀色に輝く美しい猫は、青い瞳で、わたしを見つめ返しました。

ペルさんは、見た目は若々しい、ハンサムさんです。お化けには年齢がないので、いちばん元気で、素敵だったときの姿に戻るって、わたしは知っています。なので、ペルさんも、若くていちばん綺麗だったときの、ペルシャ猫の姿に戻ったのでしょう。まるで、写真集の中の猫か、猫缶のコマーシャルに出てくる猫みたいに、とても綺麗な姿です。おまけに背中には羽まで生えているので、神聖な、神様みたいな存在にも見えるのです。

でも、ペルさんの心の中は、死んだときのままのおじいさんなので、いつも年取ったひとみたいなお話の仕方をします。

『実は自分でもこの羽がどうして生えたのか、その因果関係が、いまひとつわかってはいないのじゃ。思うに、あの寒かった雪の夜、愛理のそばで死ぬときに、人間の神様に、この子を守っていたいのです、と祈ったからかのう。ずっとこの子のそばにいたい、守ってあげたい、と。それがちょうど、クリスマスじゃったせいか、願いが叶ったんじゃが』

ペルさんは、窓越しの空を見上げるようにしました。

『神様には、まだ会ったことがないが、神様的には、猫が友達を守るには、羽の一枚や二枚ついた方が便利なんじゃないか、と考えてくださったのかも知れぬのう。

まあサービスみたいなものじゃないかの』

「サービスですか?」

『それかあれじゃ。クリスマスプレゼント』

白い前足をあげて、ペルさんはいいました。

わたしは首をかしげました。

「クリスマスプレゼントは、サンタさんが配るものじゃないんでしょうか?」

『よくわからないんじゃが、神様もサンタも似たようなものなんじゃないかのう。だって、サンタクロースというじいさんは、一晩で世界中の子どもにプレゼントを配るっていうじゃろう。そんなすごいことができるのは、神様みたいなもんじゃなきゃ、無理じゃないかと思うのじゃ。でなければ、神様の親戚とか、じゃないのかのう』

「なるほど」

わたしは腕組みをしました。

去年からずっと、その正体が気になっている、空飛ぶ謎のおじいさん。そのひとが実は人間の神様だったり、その親戚だったりするとしたら、それくらいのことはできるような気がします。

正直、あやかしのわたしには、神様というものがよくわかりません。サンタクロースと同じで、まだ会ったことがないからです。

でも、お話の中で、よく人間は神様にお祈りをします。街にいるいろんなひとたちも、願い事があるときは、お祈りをしているみたいです。このホテルに住んでいるひとたちだって。

ということは、きっとそのひとは存在しているのです。そうして、人間の、それと猫とか他のいきものたちの願い事をときどき叶えてくれるのでしょう。

あやかしの願いも、叶えてくれるのかな、と、ちょっとだけ思いました。

願い事は、特にはないけれど、でも、もし叶うのなら、お姉様や、それからこのホテルに住む大好きなひとたちと、あと、風早の街のひとたちに、いいことがあるといいなと思います。たとえば、このクリスマスに、みんながサンタさんから贈り物をもらえるとか。

わたしは、去年サンタさんから、とてもいいものをいただいたので、今年は辞退してもいいなと思っています。

もし叶うなら、プレゼントじゃなく、わたしは、サンタさんに会いたいです。

一度だけでいいので、会ってお話をしてみたいです。

なぜってそのおじいさんは、多少あやしくても、きっと素敵で優しくて、かっこいいひとなんじゃないかなと思うからです。

それにしても、ペルさんがため息ばかりつくので、わたしは訊ねました。

「今日、ペルさんどうしたんですか？　いまいち、元気がないっていうか」

『愛理の元気がないんじゃよ』

「えっ。何かあったんですか？」

『うたえなくなってしまったんじゃ』

「えええ」

思わず声を上げたそのときでした。

わたしは、いつの間にか、図書室に、綺麗な女のひとが立っていることに気づいたのです。

白い柔らかそうなカーディガンを、おそろいのセーターの上に、ふわっと羽織っているそのひとは、背が高くて、ほっそりしていて、姿の雰囲気が、どこかしらお姉様に似ていました。少し赤みがかった、長い髪の色も同じです。最初見たときは、あれ、お姉様がそこにいる、いつの間に、と思ったくらいです。

でもそのひとは、ちゃんと目をとめて見つめると、お姉様とは違うひとでした。年齢もたぶん、同じくらい。長い髪の色も目の色もお姉様と似ているけれど、それでもお姉様とは違います。知らない誰かでした。

このホテルにあんなひと、いたかしら。わたしは首をかしげました。去年の六月にここにきてから、いろんなひとたちとホテルで会って、そのたびにご挨拶をしたし、そうして、お友達になったひとも多いけれど、このお姉さんとは初めて会ったような気がします。

お部屋がたくさんある建物だから、そういうこともあるのかしら。

それとも、ホテルに住む誰かを訪ねてきた、お客様かしら。

そのひとは、わたしと目が合うと、首をちょっとかしげて、明るい感じで、にこっと笑ってくれました。人懐っこい、いたずらっぽい感じで。薄いピンク色の唇がきゅっとあがってかわいい笑顔です。——あ、やっぱりお姉様と似てる、ともう一度思いました。

お姉様はあんな風に、明るいかわいい感じでは笑わないけれど、もしかしたら、いつかあんな笑顔を見ることができるかも、と、思ったのです。

白いカーディガンを、まるで白鳥の羽のように、ふわりとなびかせて、そのひとは、図書室の棚の間に消えていきました。

うたうような声だけが、残りました。

「うたえないってなぜかしらねえ。ほんとかしら。かわいそうに……」

わたしは、おや、と思いました。

いまのお姉さんは愛理さんのことを知っているのでしょうか？　もしかしたら。

ためいきまじりの、心配そうな声だったと思いました。

「ちょっと疲れちゃったというか」

かすれた声で、愛理はそういうと、咳《せ》き込んだ。小さなからだ全体が揺れるほどに、苦しそうな咳だった。

「うええ。かなり……苦しいなあ」

冗談めかして、愛理はそういって笑う。

竜宮ホテル一階の、玄関のそばにある、ガラスの扉の向こうの、明るい温室で。そこにある古く白いピアノの椅子に座り、弾くでもなく、鍵盤に手を置いたまま。

そばには、この温室の住人、白いワンピースの少女ゆり子さんの幽霊が、心配そうに、愛理を見ていた。同じ音楽が好きな者同士、この子は、愛理に好感を持っているようなのだった。

愛理自身には、幽霊は見えないため、わたしが彼女の話をしても、「いいなあ、あってみたい。話してみたいなあ」と憧れるようにいうばかりなのだけれど。

愛理は、さっき、コーヒーハウスでも、こんな風に咳き込んで、草野先生に、今日のバイトは休みにしていいから、といわれたのだった。とにかく休みなさい、と。

「風邪引いたの？」

「うーん、どうなのかなあ。熱っぽくはあるかも知れない」

細い手のその甲を自らの額にふれるようにして、そして鍵盤の上に突っ伏した。

「病院で風邪の菌もらってきちゃったのかな。目眩《めまい》がする。ぐるぐる回ってるわ」

「病院？　どこか具合が悪かったの？」

「違うの。母さんのお見舞いに行ったんだ」

その言葉に、わたしは自分の耳を疑った。

愛理は高校時代、母と子ふたりきりの家庭で、そのひとにひどく虐待され、人格を否定されて、半死半生の状態になった挙げ句、家を出たのだと、そう聞かされたことがある。

それ以来、彼女を心からかわいがってくれている、父方の祖母と、その祖母がかわいがっている、不幸な生い立ちのたくさんの犬猫たちの世話をしながら、楽しく元気に暮らしているのだ、と。

「なんでまた……」

お母さんのお見舞いになんか、と危うくいいかけて、言葉を止めた。

でもいいたいことは通じたのだろう。愛理は鍵盤の上に顔を乗せたまま、わたしの方を目だけで見つめた。

「……母さん、いまひとり暮らしなんだけど、からだの具合を悪くしてるらしいって、元の家の近所の親切なおばちゃんから連絡が来たの。心細いだろうから行ってあげよ、って。

母さん、バリバリのキャリアウーマンだし、強いひとだから、どこにどう入院しようと、絶対に心細いなんてことないはずだって思ったけど、でももしかしたらって思って。

それにやっぱり、かわいそうだって思って。あとね、ときどき、響呼さんが遠い街まで、お母さんのお見舞いに行くでしょう？　あれが少しうらやましかったのかも知れないな。

お花屋さんでお花を買って、お見舞いに行ったの。綺麗な薔薇を選んでね、素敵なブーケを作って貰ったの。高くて、ちょっと上等な薔薇。母さん、高いものが好きだったから。

で、病院の部屋に行って、お花を渡したら、母さん、ベッドから怪獣みたいに、よろよろって立ち上がってね、わたしがあげたブーケをとって、窓からぶんって捨てたの」

愛理はからだを丸くして咳き込み、しばらくそのまま黙っていた。

やがてまた顔を上げて、うるんだ目でいった。

「思わず訊いちゃった。一度も訊いたことなくて、でもずっと訊きたかったことを。母さん、どうしてわたしが嫌いなの、って。どうしたら、好きになってくれるの、って。

そしたらね、『その顔も声も話し方もみんな嫌いだ。とっとと死んで欲しいくらい』っていわれちゃった。訊かなきゃ良かったな」

愛理は鍵盤に顔をうつむけて、笑った。その目から、涙がピアノに落ちた。

「いいや、って思ったの。じゃあもう母さんのお見舞いに来ない。お花代も使わなくてすむからいいじゃない。そのお金で犬猫に缶詰がどれくらい買えるだろう、なんて想像して、ああ良かった、って思ったの。

わたしはもうおとななんだし、死んで欲しいとかいわれたくらいで、こんなにダメージ受けることはない。嫌われてるってもとからわかってたことじゃないか、って笑おうとしたの。

でもね、駄目だった。もうおとななのにね。心が抉《えぐ》られるみたいに痛くってね。病院の階段を降りて、庭に出たとき、母さんが捨てたブーケを見つけたの。あんなに綺麗な薔薇だったのに、傷ついてぼろぼろになってた。わたし、ブーケを拾って帰ったの。胸元に抱いて。

ずっとね、ごめんなさい、って謝ってた。うん、薔薇たちにね。わたしがお花をお見舞いに持っていこうなんて思わなければ良かった。わたしがあなたたちを選んだばかりに、みんな酷い目に遭ったのね、って」

ぼそぼそと、愛理は話す。いま自分の手の中に、そのブーケがあるような、そんなまなざしをして。

「愛理さんのせいじゃないと思うよ」

わたしはそっといった。

そばでゆり子さんも、うなずいている。

「あの、お母さんそれだけ元気があるんだったら、どっちみちもうお見舞いに行かなくていいんじゃないかな？」

「うん。そうだよね」

愛理はあっさりとそう答えた。

けれど見る間にその目に、涙があふれるように湧いてきた。ぐしぐしと愛理は自分の拳で、その目の涙を拭《ぬぐ》った。

「おかしいよね。もうわたし、いい年のおとななのに、何でこんなに辛くて、悲しいんだろう。たかだか、自分の母親に嫌われるだけのことが。

あのね、わたしもし、これが他のひとの話だったら、こういうと思うの。

『親子だって相性ってものがあるんだもの。嫌われちゃったらしょうがないよ。あなたが悪いわけじゃない。だから元気を出して』って」

わたしはそっとうなずく。実際いま、それと同じような言葉を、彼女に向かって口にしようとしていたのだから。

けれど、躊躇《ためら》いの念が湧いて、わたしはそうしなかった。――同じ入院中の母親がいるとしても、わたしの母は、娘がお見舞いに買ってきたものに文句をいうことはないだろう。ましてや、花を地面に投げ捨てるなんて。

わたしの母は、もう十年以上もの間、意識がないままに、遠くの街にある大きな病院に入院している。わたしが十代の頃、中学時代のある朝起きた交通事故で、そうなったのだけれど。もし意識があったとしても、母はブーケを喜び、綺麗だとありがとうと無邪気に笑っただろう。小さな頃に、わたしが蓮華《れんげ》の花冠を編んで、プレゼントしたときのように。

いま眠り姫のように眠り続ける母の病室に、綺麗な花を選んでお見舞いに行くわたしは、母から返事がなくとも、その表情が変わらなくとも、喜んでいるそのひとの笑顔も、嬉しくてテンションが子どものように上がる母の声も想像がつくから――知っているから、だから、愛理に綺麗事の台詞を投げかけることには躊躇いがあるのだった。どんなに愛理の心に寄り添おうとしても、友達として、そのひとの哀しみを共有しようとしても、きっとほんとうには、わたしには愛理が感じている哀しみの、その底知れないだろう深さまで、降りてゆくことはできない。

だからわたしはただ、そのひとの母に怒りを覚えるのだった。どうしてそんなにひどいことができるのだろう、と。こんなに良いひとを傷つけるなんて。自分を愛してくれる我が子を傷つけるなんて。

「わたしね、きっと諦めればいいんだよね。わかってるんだ。でもね、でもさ。駄目なんだよねえ」

声がかすれる。

「頭ではわかってるのに、心が納得できないの。胸が痛いの。どうしてなんだろう」

かすれた声でそういって、鍵盤の上にからだを折る愛理のそばに、あの羽付ペルシャ猫がどこからともなく舞い降りて、そっと寄り添うようにした。愛理には、優しい猫の姿は見えない。猫がどんなに彼女を心配していても。優しい青い目でみつめていたとしても。

ペルと一緒にいたのだろうか。ひなぎくもやってきて、心配そうに愛理を見上げた。

「どうして、こんなに辛いんだろう……？」

愛理は呟く。

「それでね、いつもなら、落ち込んだときも、ピアノを弾いてうたえば、忘れて元気になれるのに、今回は駄目なの。うたっているうちに、あの、地面の上でぐしゃぐしゃになった薔薇のブーケが目の前に浮かぶの。かわいそうだったたって、心がずきずきするの。無理にうたおうとしてたら、だんだん声が出なくなってきて、うたい方、わからなくなっちゃった。もう一生、声が出ないような気がするの」

「気のせいだよ」

愛理はそっと首を横に振った。

「うたうことが楽しいことだったかどうかも、わからなくなっちゃった」

ひなぎくがそこにいることに、愛理はそのとき気づいたのだろう。元気そうに、とりつくろうような笑顔を見せた。

そして、大きくため息をつくと、いった。

「ごめんなさい。きっと急に気温が下がったからよ。ほら、いまの時期、毎日の気温の差が激しいと、ひとの心は影響を受けて、落ち込んだりするって、こないだお昼のテレビでいってたわ。おばあちゃんとふたりで見たの」

愛理は優しい眼差しで、温室の窓の外を見た。

「もう少し寒くなって……そう、からだが冬に馴染んだら、きっと元に戻れるよね。クリスマスが、雪のクリスマスになったりしたら。わたし、雪が大好きだから」

ひなぎくが、優しい声で、訊ねた。

「雪が降ったら、元気になるの？　もう、辛くなくなりますか？」

愛理は笑顔でうなずいた。

わかりました、とひなぎくはこれも笑顔でうなずいた。そして、どこへ行くのだろう、ぱたぱたと、駆け出していった。

「うーん、だめねえ、わたしは」

愛理が明るい声でいうと、伸びをするように両手を上げて立ちあがった。

「いい年のおとなの女としては、あんな小さな子どもに心配させちゃだめよね。――さて」

ピアノのいすの背にかけていた上着をはおると、どこか勇ましい足取りで歩きだした。

「子猫さがしに行く。きっと見つけるわよ。待っててさみしい子猫ちゃん」

「ああ待って」

わたしはあわててあとを追おうとした。そのとき、温室を包むあたたかな空気とガラスの天井から降りそそぐ光の中に、ふとなつかしい気配とまなざしを感じたような気がした。

緑と花の香りとさまざまな色彩にあふれた世界の中でわたしは足をとめ、ガラスの天井の向こうの空をふりあおいだ。まぶしくて目を閉じた。

まぶしくあたたかく降りそそぐ光の中で、誰かの優しいてのひらがふわりとわたしのほほを撫でたような気がした。

けれどそれはほんとうに一瞬のことで、まぶたを開けたときにはもうその気配はなく、ただ耳の底に、

『大丈夫よ』

明るくのほほんとした声が聞こえた。

『大丈夫。人生なるようになるものだから』

幻のようなその声は、きっと寝不足ゆえのいつもの空耳のその声は、子どもの頃によく聞いた、母さんの口ぐせ。

瞬時に痛くなった鼻の奥に感じたのは、母さんが使っていたハンドクリームの匂い。

わたしはぎゅっと目をつぶると、愛理の背中を追いかけた。

(母さんは――)

母さんは遠い街の病院でずっと眠っている。いつかは目覚めてくれると信じているけれど、それがすぐではないとわかっている程度にはわたしは年をとり、大きくなった。

夢を見ないことが、うまくなった。

それはたぶん、十代の頃に、あの事故はなかった、そんな夢を何回も見て、そのたびにそれが夢だと知って朝に泣いたからだ。

（母さんが家に帰ってくる夢も何度も見たっけな）

ホテルの玄関の辺りで、わたしは愛理にやっと追いつく。

子猫の声、いつどこできいたの、なんて話をしながら、ふと思いだして、少しだけ笑う。

夢の中の、元気な母さんはなぜかいつも事故に遭ったときの年齢の姿ではなく、ちょうどいまのわたしの年齢くらいに若いのだった。なぜとわたしがたずねると、あっけらかんと笑って、

『これくらいの年の頃のあたしって、かわいくていいじゃん、と前から思ってたんだもん』

というのだ。写真で知っているそれは、まだわたしが小さかった頃の母の姿。たしかにかわいく素敵だったけれど。いかにもほんものの母がいいそうなセリフで、夢の中でわたしは笑ったものだった。——笑ったまま目ざめて、そうして泣いたのだけれど。

うっすらと浮かんだ涙とわたしの表情を、

「どうしたの？」

とても心配そうに愛理が見上げる。

自分の心のいたみよりもよほど心がいたむ、そんな表情で。この子はこんなときも優しいのだった。

「大丈夫」

わたしは笑うと、愛理の背中をたたき、ドアを開いた。

「さあ、子猫をさがそう。みつからなかったら、満ちる先生にも声をかけてみよう」

「そうね」

愛理がうれしそうに笑う。

「――でも、お仕事忙しくないかなあ」

「忙しくても手伝ってくれると思うよ」

満ちる先生は多少損する性格だけれど、基本的にはハートフルで善人で優しいひとだから。

愛理がはにかむようにほほえんだ。わたしはそのあたたかな背中を押して、冬の庭の、その光と風の中に足をふみだす。

澄んで冷たい風を感じたとき、

（あっ、上着忘れた）

と思ったけれど、想像の中の迷い子の子猫だってきっとこの空の下、ふるえているのだ。

さむくない。わたしはうなずいて、歩きだした。

*

「ええと」

わたしは、図書室の本の背表紙を眺め、前に自分が見つけた本を探そうとしました。

「どこでみたんだったかな。雪を降らせる魔法が書いてある本……」

それは少し前、そうたしか夏の、暑い時期に、キャシーとふたり、この図書室のクーラーにあたって涼んでいたときでした。

外に遊びに行くには暑すぎるし、ふたりでおしゃべりするのも楽しいけれど、そのときはふたりとも遊びたい気持ちだったのです。

「魔法書はほかにもまだあるかもしれないぞ」

キャシーがいいだして、ふたりで魔法書を探すことにしました。

キャシーは、去年のクリスマスに、大昔のまがまがしい呪いに捕まって、死にかけました。けれど、お姉様が読み上げた、この図書室にあった魔法書の魔法の呪文の力で助けられました。

「そのときのことを、わたしは何にも覚えていないのだ」

悔しそうに、キャシーはいいました。

「それに響呼さんは、不思議な左目を持っているから、魔法書を読み上げることもできたんだろう。でもだ、もしわたしがその魔法書を手にしていたら、きっとわたしは自分でその呪文を唱えて、自ら助かったと思うぞ」

わたしは首をかしげました。

あのときのキャシーは物語の中のお姫さまのように気を失っていたというのに、どうやって魔法書を読むつもりだったのでしょう？

キャシーは、本棚の本の背表紙を眺め、たまに引き抜いて開いてみたりしながら、言葉を続けました。

「寅彦さんのひいおじいさまは、本物の魔法使いだったというではないか。ということは、ここにある魔法書は一冊だけのはずがないとわたしは思うのだ」

あやしげな本を選ぶと、閲覧スペースのテーブルの上に、無造作に置いていきます。

わたしはうなずきました。たしかにそうです。

ただ問題は、この図書室には、外国語で書かれた本が多く、わたしにはそういった本はまるで読めないということで。何冊かそういう本に出会って、わたしがため息をついていると、

「ほら、その本をこちらによこすのだ」

キャシーが手を差し出してきました。

「サーカスにはいろんな国のひとがいたから、わたしはこういうのを読み解くのはうまいのだ。七カ国語くらい理解できるぞ。すごいだろう?」

得意そうに胸を張り、そして、いろんな本を読み、その内容を教えてくれました。

でも、魔法書らしい本は、少なくともそのときのわたしたちには見つけられなかったのです。一冊だけ、それっぽいものを見つけたのは、絵本のように綺麗な絵が全部の頁に描かれた、『天気の本』と書かれた本でした。

それは、キャシーにもタイトル以外は読み解けないような、不思議な形の文字で書かれた本で、それでもキャシーはしばらくの間、何とか言葉の意味をとろうと格闘しているようでしたけれど、やがて、髪をかきむしり、

「つまんないの」

ふんと鼻を鳴らして、ライオンと一緒にどこかに行ってしまいました。

わたしもあとをついて行こうとしました。でも、棚から抜いた何冊もの本を、棚に返さなくてはいけません。

「キャシーったら、そこまで一緒にしてくれればいいのに」

わたしは文句をいいながら、本を抱いて、一冊一冊棚に戻していきました。

そのときです、あの、『天気の本』が何かわたしに語りかけたような気がしたのです。

不思議に思って、棚に戻すのをやめて、もう一度開いてみました。

すると、さっきは不思議な文字の塊にしか見えなかった文章が、なんとなく読めるような気がしてきたのです。

それは、子ども向けの魔法の本のようでした。あやかしの子ども向けの本で、つまりはわたしのような子どものために書かれた本だと書いてあります。だからきっと、キャシーには読めなかったのです。

読んでいるうちに、胸がどきどきしてきました。古くて薄いこの本は、いつの時代にどんなひとが――それともあやかしが、作ったものなのでしょう?

その本には、かわいらしい絵の図解付きで、雨と雪の降らせ方が書いてありました。簡単な呪文だけれど、強い力を持つ呪文だから、唱えるときは一語一句間違えないようにしましょうね、と優しい感じの言葉で書いてありました。もし唱え間違えたら、どんなに恐ろしく、思いがけないことがおきるかわからないですからね、と。

その本を見つけたとき、棚に戻したそのときは、その一言の注意書きが怖くて、魔法の呪文なんて唱えなくていいや、と思いました。

棚に戻して、そーっとその場を離れ、それきり、その本の存在は忘れてしまったのです。むしろ、忘れてしまいたいと思いました。

少し後になって、そういえばあの本は、その後どうなったのだろう、と気になって、再び探そうとしても、不思議なことに、もう、見つけられなかったのです。

「雪の降らせ方――」

あのあやかしの子ども向けの魔法書、あれがあれば。そうすれば、雪が降るかも知れない。クリスマスイブの日に降らせるってどうかしら？

雪が好きな愛理さんは、喜んでくれるかな。きっと、喜んでくれるよね。

わたしはひとりきりのしんとした図書室で、諦めずにその本を探しました。

（だって）

（雪を降らせてあげたいんだもの）

わたしはいままで、あの歌うたいのお姉さんから、いくつものかわいらしいものをいただいてきました。お洋服やリボンやバッグに靴下。季節ごとには手縫いのお部屋着にお寝間着、それに素敵な浴衣やはんてんも。

この呪文をうまく唱えられたら、あの優しいお姉さんへの贈り物になるかしら、と、思いました。わたしはサンタさんじゃないけれど、クリスマスイブの日に魔法の贈り物をしたら、サンタさんみたいな気持ちになれるでしょうか？

「ああ、ないなあ」

さがし続けて、つかれてきて、ふう、と胸の奥からため息をついたときでした。

あの、お姉様にどことなく似た女のひとがいつのまにかそこにいて、わたしをちょいちょいと手まねきして呼びました。どこかいたずらっぽくまるで猫の子でも呼ぶように。

古い図書室の、見上げるほど高い棚から、半地下の書斎のような小さな部屋までぎっしりと並べられている、無数の本の中から、やがてわたしは、こちらに向けて、なげかけられているうたうような言葉を聞き取りました。

そう――女のひとが立つそのそばの棚の辺りから。

――ここだよ、あやかしの子。

――ここにいるよ。

「あった」

かぐや姫のお話で竹が光っていたというように、そのときのわたしには、本棚の一角が光って見えました。

そっと抜き出した一冊の薄い本は、間違いなく、記憶にあるとおりの、あの子ども向けの魔法の本、『天気の本』だったのです。

ふふん、とどこか得意そうに、あの女のひとが笑いました。

クリスマスに雪が降ることは、秘密にしていようかな、とわたしは思いました。

魔法の呪文で雪が降るのじゃなく、自然に降ったと思った方が、奇跡っぽくて素敵なような気がしたのです。

だからわたしは、それから数日、図書室で、物語の本を読むような振りをしながら、魔法書のお勉強をしました。呪文を読み返して覚えたり、書いてある注意書きを覚えたり。

誰にも内緒のことだから、キャシーにもお姉様にも教えませんでした。

本はひとりで読むものだから、みんなそんなわたしを気にすることはありませんでした。没頭して読んでいるんだな、と、おとなたちはみんな、そんな優しい目で見守っていてくれました。

キャシーだけは、わたしが図書室にばかりこもって、自分と一緒に遊んでくれない、と口を尖らせましたけれど、そのうちに映画のロケが始まって、少し遠い街に行ってしまいました。

「お土産を買ってくるからな」

キャシーは元々サーカスで旅暮らしをしていたので、旅行は好きでした。うきうきした様子で、迎えに来たマネージャーさんと一緒に、出かけてゆきました。

そうしてわたしは、静かになった図書室で、心ゆくまで魔法の勉強をしていたのですが――。

気がつくといつも、あの女のひとが、図書室にいるのです。

そう、響呼お姉様にどこか似た、あの若い女のひとが、魔法書を探してくれたひとが。自分も本を読んでいたり、わたしが魔法の勉強をしている様子を、すぐそばで見ていたりするのです。

それが、ほんとうにいつのまにか、なのでした。ほんの一呼吸前は、そのひとはそこにいなかったと思うのに、気がつくと、そこに立って微笑んでいるのでした。

普通だったら、そのひとのことを怖いと思ったり、いやだなあと思ったりするかも知れません。でもそのひとは、ほんとうに響呼お姉様に似ていて、懐かしい感じがしたのです。

それにそのひとは、なぜかいつも、にこにこと、わたしのことを優しい目で、見ていたのです。大好きなひとを見るような、懐かしい優しい眼差しで。

どこかで見たことがある目だと思ったら、わたしが小さい頃に死んでしまった、わたしのお母さんが、あんな目をして、わたしを見ていたな、と思い出したのでした。

お母さんの、眼差しに似ていたのです。

そしてそのひとは、わたしの耳や空飛ぶペルさんをその目で見ることができました。見えたからといって騒ぐこともありませんでした。ただわたしの耳としっぽをかわいいと手を打って喜んでくれました。ペルさんのことも、綺麗ないい猫だ、と褒めちぎりました。ペルさんは得意そうに、宙を飛びながら、ふかふかの胸を張りました。

それから、そのひとはわたしのことをいっぱい褒めてくれました。魔法書と一緒に、お気に入りの物語の本を机の上に置いていたのですが、

「あたしはあなたくらいの頃、こんなに難しそうな本は読めなかったわ」

と、笑ったのです。

そうして、うたうような綺麗な声でいいました。

「あたし、頭良くなくてね。おまけに事情があって、ほとんど学校に行けなかったの。物語の本が好きだったから、いつも図書館の本を頑張って読んでいたけれど、字が小さな本を読みたいときは、辞書を引きながらになっちゃったから、時間がどんどんたっちゃって。でも頑張ったんだけどね。何回も貸し出し期間を延長して」

結局は、あたしが馬鹿だからいけなかったのよね、と、そのひとは明るく笑いました。

そして、本の表紙を撫でるようにして、優しい表情でいいました。

「だからね、あたしの子どもがやっぱり本が好きだってわかったときは、読みたいだけ読ませてあげたいって思ったんだ。どんなに難しい本でも、ひとりで読めるように。そうして、世界中のお話の本を、自分の力で好きなだけ読めるようになったらいいな

って思ったの。

物語の本だけじゃなく――なんていうのかな、歴史の本とか、科学の本とか、ひとはどんな風に生きていけばいいのか、とか、あと神様について書かれた本とかね。どんどん読んで、生きることの意味とか、そういうことも自分で調べられる女の子になってほしいな、って思ったのよ」

てへへ、と、なぜか少し照れたように、そのひとは笑いました。

「そしたらね、そんな風になってくれたんだ」

わたしは変だな、と思いました。

なぜって、そのひとはまだ若くて、そんな難しい本をどんどん読んでいくような、大きく育った子どもがいるひとのようにはみえなかったからです。

（不思議なひとだなあ）

わたしは思いました。

もしかしたらもう生きてはいないひとなのかも知れない。少しだけそう思いました。

でも、ちょっとくらいへんてこなことをいうひとでも、もしかしてゆうれいだとしても、冬のひとけのない図書室で何回も会う内に、わたしはそのひとのことが好きになっていました。

だから、気がつくといつか、愛理お姉さんのことを話していました。その頃、いちばん気がかりなことだったからです。

そのひとのために雪を降らせようとしている、ということも。

「愛理お姉さん、かわいそうなんです」

愛理さんがアルバイトでホテルを訪れていたある日の午後、わたしはその謎のお姉さん——名前は美鈴《みすず》さんというのだそうでした——に、窓の外を指さしました。

愛理さんが働いているコーヒーハウスのそばにある庭の辺り。

そこに、影を切り取ったようなものが落ちていることにわたしは気づいていました。コーヒーハウスをのぞきこむようにしながら、黒いこうもりの翼のようなものが通りすぎてゆきます。

とてもまがまがしい、いやな気配を放っていたので、遠くからでも、はっきりくっきりと、その影は見えました。

影の中にはときどきくっきりと二つの目が見えて、まばたきをしたり、何かをさがすそぶりを見せたり、こちらをじいっと見たりするのでした。

ペルさんが、唸り声を漏らしました。

「まあ、気持ち悪い。あれは何なのかしら？」

「怨念なんだそうです。ここにいるペルさんに聞きました」

ペルさんは、その通り、というように、深々と白い頭でうなずきます。

「怨念？」

「それか、生き霊だそうです。あれは、愛理さんのお母さんが、愛理さんに不幸になって欲しくて、そばにいるものなんです。魂が知らず知らずのうちにぬけてきて、悪さをしているのですって。

だから、ときどき、愛理さんに意地悪をします。足を引っかけて転ばせたり、階段から突き落としたりするそうです」

「まあ、なんてひどい」

ペルさんがいつの間にか、その影のそばに羽ばたいて行っていました。黒い影をひっかき、くわえて、どこかへ運んでいきました。

「あらいなくなったわ。よかったわねえ。空飛ぶ猫ちゃん、お手柄ね」

「だめなんです」

わたしは首を横に振りました。

「あの影はまた、愛理さんのそばに戻ってきます。生き霊だから、キリが無いんです」

「なるほどう」

美鈴さんは、ちょっと複雑な表情を浮かべてうなずきました。

「まあたしかに、生き霊っていうのは、執念深いところもあるかもね。まだ立派に生きているのに、からだを離れて、お化けみたいに化けてでてくるくらいに、したいことがあるんでしょうし」

ふうと、わたしはため息をつきました。

「ペルさんがいうには、あの生き霊は、『愛理さんが呼んでいる』んですって。だから、どんなに愛理さんを守りたくても、次から次へと、あの影はついて回る」

「呼んでるって？　あの愛理ちゃんが」

やっぱりこのひとは愛理さんのことを知っているのだろうか、とふとわたしは思いました。

このホテルに住んでいるひとか、あるいはこのひとと親しい誰かが、ここに住んでいるのでしょうか。

もしかして、響呼お姉様のことをご存じで、それでわたしのことも、優しい目で見てくださるのかも知れないなと思いました。

「ペルさんの推理と想像なんですけど——愛理さんは、お母さんのことが大好きなんだそうです。子どもの頃、愛理さんのことをたくさん虐《いじ》めた、悪いお母さんなんですけどね。

でも愛理さんは、お母さんのことが好きで、一緒にいたいんです。一緒にいたいという思いが、知らず知らずのうちに、生き霊になったお母さんを呼び寄せてしまうんじゃないか、ってペルさんはいってました」

どうやら、愛理さんは、自分の命を狙い、不幸になることを願っている、自分のお母さんの怨霊を、自分で呼び寄せているらしいというのです。たぶん、本人は、自分がそんなことをしているって気づかないままに。そうして、いつも怪我をしたり、転んだり、風邪を引きやすかったりしているのです。

うーん、と美鈴さんは腕を組みました。

そして、ぽつりと呟いたのです。

「愛理ちゃんの気持ち、ちょっとわかるな。自分をうんでくれたお母さんに嫌われるの辛いし、さみしいものね」

わたしはうなずきました。

するると、美鈴さんはいったのです。

「あたしね、子どもの頃、お母さんにあんまりかわいがってもらえなかったんだ。見ためとか、見えないものと話ができることとか、馬鹿なところとかが、お母さんの死んだお姉さんに似てるっていわれてね。

そのお姉さんのこと大嫌いだったからって、いつもお母さんに無視されて。言葉が聞こえないふりをされて。他の姉妹はかわいがられてたのに。あたしだけ、いつもおやつがもらえなくて、冷えたごはん食べさせられて、テレビも見せてもらえなかったの。寒い部屋で、古いお洋服しか着せてもらえなかった。あたしにはお化けや妖精が見えたし、お話もできたからさみしくはなかったけど。うそ。すっごくさみしかったし、悲しかったな。

近所にある、大きな家に住んでいたあたしのおばあちゃんが、そんなあたしをかわいそうだっていって、上等なオルゴールをくれたんだけど、そのオルゴールだけが家族みたいな、さみしい子どもだったの。おばあちゃんも妖精が見えるひとだったから、かわいがってくれたの。だからちょっとはさみしくなかったけどね。

結局ね、自分の家とそのおばあちゃんの家が火事で燃えてしまって、あたしは生まれた街とさよならしたの。馬鹿だったから、もう、街の名前も覚えてない。どこにあったのかも。あたしの家族だったひとたちが生きているのかどうかも、あたしは知らないままなの」

でもそれでいいのかもね、とさみしそうに、美鈴さんは付け加えました。

「子どもの頃も、それから大きくなってからも、あたしは、どうしてあたしのお母さんはあたしのことをかわいがってくれなかったのかな、って考え続けてたの。それで、馬鹿なりに、考えてみようとして、いろんな街の図書館で、本を読んで勉強したのね。

それで、少しだけ、わかったことがあって。子どもの頃にさみしかったおとなは、おとなになってもさみしいままで、自分の子どもをいじめたくなるんだって。いっぱい傷つきながら育った子どもは、自分の子どもを傷つけたくなるんだって」

「どうしてですか？」

さみしかったなら、自分の子どもは大切にしようって思うんじゃないかと思いました。

「大体、おとななんですから、しっかりしなきゃいけないと思います」

でも美鈴さんは緩く首を振りました。

「たぶん、子どもが思うほど、おとなって立派でもなければ、強くもないし、ふにゃふにゃしたいい加減なものなんだと思うのよ」

「でも……立派なおとなもいますよ」

わたしは、草野先生や、寅彦お兄様、そして、響呼お姉様のことを思っていいました。みんな強くて、しっかりしていて、自分よりも弱いものをいじめるなんて絶対しないような気がします。

「えっとね。そういうおとなはきっとね、立派なおとなになろうって頑張ったひとたちだと思う」

「努力？」

「そ。子どもはきっと、そのままじゃ、強くて立派なおとなにはなれないんだ。強くなろう、って、思わないと、ちゃんとしたおとなになれないの。

なかなか難しいことなんだぞ」

「うう」

わたしは少しだけ考えました。

わたし自身は、立派なおとなになれるのでしょうか。一瞬だけ、ずっと子どものままでいられた方が楽だな、と思いました。

「難しい本をたくさん読んで、いくつか馬鹿なりにわかったことがあるんだ。ひとつ。もし親がひどい親だったら、無理して好きになろうとしなくてもいいんだって。

人間にはいろんなひとがいて、ほんとうにだめだめな人間もいる。そのうちのひとりがたまたま自分の親だったからって、好きにならなくてもいいんだってさ」

「ふわあ」

思わず、声に出していました。なんとなく、ひとでも、あやかしでも、家族というのはお互いに好きでなきゃいけないような気がしていたからです。

「努力して好きになれるなら、好きになってもいいんだって。でもね、それが辛いときは、無理しなくてもいいの。

それから、もし子どもを愛してくれない親がいて、それが子どものときにさみしい子どもだったからだなあ、って気づいたときにね。

子どもの側は、親を助けようとしなくてもいい。なぜって、成長するのは本人の仕事だから。いくつになってもね。親が自分で立派なおとなになりたいと思わないのなら、ほうっておいていいんだよ。

勉強は本人の仕事で、義務——ううん、権利なんだって」

美鈴さんは、ぱりぱりと自分の頭をかきました。この辺になってくると難しくて、あたしには意味がちょっとわかりづらいんだ、と恥ずかしそうに笑いながら。

そして、付け加えました。

「いちばん大切なこと。あたしなりにたくさんの本を読んで、気づいた結論ね。——もしあるひとが、どんなに不幸で傷ついていたとしても、それを誰かを傷つけるためのいいわけにしちゃいけないっていうこと。もしそんなひとがいたら、そばにいなくていい、逃げてもいいんだっていうこと」

わたしは、美鈴さんを見つめました。そのひとはどこか泣きはらしたような目をして、微笑んでいました。

お姉様にどこか似ていて、でも違う表情で笑うこのひとは。

「もちろん子どもの頃にさみしかったひとの、みんなが酷い親になるとか、そういうことはなくってね、意識的に行動して生きる、だったかな、自分はちゃんとしたおとなになるんだって思っていることができたら、さみしかった子どもも、優しく強いおとなになれるんだって、そう本に書いてあったのよ。

だから、あたしもそんな風になろうって思ったの。素敵なおとなで、お母さんになりたいなって。あたしは、いつか自分の子どもが生まれたら、ぎゅうってその子を抱きしめてあげようって。いっぱい美味しい物を食べさせて、ふわふわの綺麗なお洋服を着せて、たくさんおもちゃや本を買って、いい音楽をたくさん聴かせてあげようって。さみしいなんて一瞬だって思わせないように、いつもそばにいて話しかけてあげようって。うたったり踊ったり、うるさいっていわれちゃうくらい、賑《にぎ》やかにしてあげようって」


ふと、廊下の向こうの方で、聞き慣れた足音がしました。

わたしは耳をくるりとそちらに向けました。

どんなに遠くてもわかります。大好きなお姉様の足音でした。

「響呼お姉様が……」

こちらにいらっしゃいます、と、そのひとにいおうとして振り返ったら、美鈴さんはもう図書室にはいませんでした。

まるでかき消したように、その姿も気配も、消えていたのです。

わたしは小走りに窓に近づき、外を見ました。気づかないうちに、この部屋にある扉から庭に出たのかと思ったのです。

一瞬、幻のようなものを見ました。

長い髪をなびかせた女のひとが、風に乗るようにして、ふわりと空に駆け上がるのを。

そのひとはまるで翼あるひとのように空へと舞いあがりました。冬の、どこかきらめいて見える風に長い髪をなびかせて。わたしは思いました。天使みたいだなって。絵本や童話に出てくるような。そっとわたしたちを見守る天使みたいだなって。

Ⓚ

明日がクリスマスだという頃になって、アルバイトにきた愛理は、コーヒーハウスで倒れてしまった。

「大丈夫?」

抱え起こして訊ねると、愛理はひび割れた唇にそれでも笑みを浮かべて、うなずいた。青ざめた、ひどい顔色をしていた。たぶん子猫がいまだに見つからないことも、こたえているのだろうなと思った。

ちょうどそこにいた満ちる先生が、

「間違えても、大丈夫って顔じゃないでしょう」

呆れたようにいった。

そして、無慈悲な感じで言葉を続けた。

「響呼先生とひなぎくちゃんに話を聞いたんだけど。愛理さん、あなた、いい加減おとなになりなさいよ。親なんて捨てちゃえ」

　ぎょっとしたように、愛理は目を見開く。

「自分のことを好きでもなければ、不幸を願うような親のこと、こっちが好きでいる必要なんてないじゃないの。ばかばかしい。

　これが他人の話だと思ってみて。せっかく買っていったお見舞いの薔薇の花を、目の前で窓から投げ捨てるような親、好きでいなさいなんて、他人にいえる？　そんなことといわれたら、辛くて苦しくて、心が死んじゃうでしょ？」

　力なく、愛理はうなだれた。

「まあまあその辺で」

　わたしは愛理を支えて立たせ、とりあえずは、店内のソファに寝かせた。貧血かな、と思ったけれど、かなり熱もあるようだ。

「満ちる先生、そういうことは、もっと元気なときでいいじゃないですか？」

「思いついたときに情熱のままにいうのが好きなんだもん」

「いや、そういう問題じゃなく」

　苦笑する。自分が愛理にいいたいと思っていたことを、さっくりいわれてしまったので、すっきりしてしまったのは事実だった。

「友達じゃないと、こういうことはいえないでしょ?」

さらりと満ちる先生がいった。

それは本当に何気ない、さりげない一言だったのに、ふいに愛理が泣き出した。ソファに寝たまま、自分の目を手で覆うようにして。

「そうか。お友達なんですよね」

「うん」

何言ってるの、というように、満ちる先生が答える。そして、「響呼先生もでしょう」と、訊いてきた。

「当たり前でしょう。こっちは、高校時代からの友達なんですから」

「あ、なんか自慢してる」

「別にそういうつもりなんかじゃ」

口を尖らせると、くすくすと愛理は笑った。

泣き笑いの声で、いった。

「そうだよね。友達がいるんだから、もう、いいんだよね。ひとりで、たてるはずなんだ。わたしは、おとななんだから。自分で働いて、ごはんを食べて、税金も払って、犬猫とおばあちゃんのことだって、養ってるんだもん。

いつまでも母さんを呼ばなくたっていいんだ」

小さな声で、わかってたんだよ、と繰り返した。


その夜、クリスマスイブの早朝から、急に風早の街には雪が降り始め、やがて雪は吹雪になった。

天気予報では雪のマークなんか表示されていなかったのに、とわたしたちはいぶかしみ、でも、雪のクリスマスもいいよね、と、うっとりとした。愛理は体調が悪いままだったので、その日はホテルの予備の部屋に泊まってもらうことになっていたし、あたたかい部屋から眺める真冬の外というのも、なかなか乙なものだった。

夕方になる頃には、クリスマスの電飾が輝く庭が雪景色になり、絵はがきのように美しい情景になった。

——それはよかったのだけれど。

その雪はいつまでもやまなかった。サンタクロースの橇《そり》が飛ぶような時刻になる頃には、吹雪はほとんど暴風雪になっていた。

「うわあ、これでは自動車は走れないねえ」

「消防車も救急車も無理だねえ」

サンタクロースも困るだろう。なんて話を、一階のロビーで外を見ながら、満ちる先生と話していたら、ふいに、ふらふらと、外に出て行く人影が見えた。

真っ白い闇の中に、吸い込まれるように消えていく、あの小さな人影は。

「愛理さんだ」

「わあ、大変」

わたしと満ちる先生は、慌てて跡を追った。

玄関の扉を開けたとたん、白いガラスの板をぶつけられたような、冷たく痛い衝撃を感じた。

「吹雪っていうより、氷の板が飛んでるみたいですね」

「とんでもないわね、まったくもう」

ホテルの窓から漏れる明かりが、雪が積もる庭を照らしている。愛理は足下がおぼつかないので、そう遠くへは行っていないようだった。

それに、

『こっちだよ』

『愛理はこっちにいるよ』

雪景色の中に、犬や猫や小鳥たちや、いつも愛理のまわりにまつわりついている、道で死んだ生き物たちの魂が、そこここに立って、わたしを導いてくれた。

わたしが彼らと会話していると、満ちる先生が怪訝《けげん》そうな顔をしたけれど、いまは説明をする時間もないし、吹雪で息が詰まりそうだしで、黙って先に行くことにした。

さむさに体がふるえだした頃、うずくまっていた小さな姿をやっと見つけた。

「どうしたの愛理さん、大丈夫?」

肩の辺りを摑まえて、ほっとする。

耳元に顔を寄せて、叫んだ。

「ホテルに帰ろう」

言葉が通じるのかな、と一瞬思った。

気がつくとそこに、うずくまる愛理のすぐそばに、あの生き霊の影が見えたからだ。

きっとこいつに呼ばれて外にさまよい出たのだろうと思ったのだ。

お化けは見えないはずなのに、満ちる先生も何か思うところがあったのだろう。自分の羽織っていたショールをはぐと、ぐるりと愛理をくるむようにして抱き、立ち上がらせようとした。

「さあ、帰るわよ。帰って、ケーキ食べて、甘酒でも飲みましょう」

取り合わせがずいぶん甘口だな、と思ったけど、まあ悪くもないかな、と、安堵《あんど》しつつ、わたしは思った。クリスマスだから、ケーキを食べて、寒いから甘酒を……いややっぱり少し甘いと思う。

「うん、帰りましょ」

愛理は笑顔を見せた。ややふらつき気味の足取りながら、わたしたちの先に立とうとするように、ホテルを目指そうとする。

「この子やっと見つけたから。ちょうど帰ろうと思っていたところだったの。良かった」

胸元で何かが蠢《うごめ》いて、にゃあ、と鳴いた。

「にゃあ？」

わたしと満ちる先生は目と目を合わせた。

愛理の腕の中には、白い子猫がいた。

「見つかって良かったわ。このままじゃ凍え死にするところだった」

わたしたちは喜びあった。

愛理は笑顔でつけくわえた。

「気のせいなのかな。つかれてたからかな。雪の中で誰か女のひとが、こっちこっちって、優しい声で呼んでくれてたような気がするの。そしたらいたのよ」

へえ、とわたしは首をかしげた。霊感はまるでないはずの彼女にしては珍しい話だった。――あれ？

「じゃあ、いま外に出たのは……？」

「子猫を探すためよ」

あっからかんと愛理は答えた。

「さっき、外で鳴き声が聞こえたから、探しに行ったの。見つかって良かった。早くあたためてあげなきゃ」

急いで帰らないと、という面持ちで、さっさか歩く。もはや病人の足取りではない。

わたしは、そっと後ろを振り返る。

吹き荒れる白い嵐の中に、あの愛理の母の生き霊がいる。あの日、空の上から愛理を見下ろしていた冷たく残酷な視線の持ち主が、まるで黒いマントをはおった女のひとのような姿でそこにいて、愛理の背中を見ている。それは雪の女王のような美しくも恐ろしい姿だった。

でも愛理は背筋を伸ばしていて、気にもしていないようだった。

一言、いった。さむさにふるえる、でも明るい声で。

「どうでもいいと思うことにしたの。母さんのことは、わたしの人生の中では、優先順位をとりあえず下にしていいんだって。

さっき、子猫の声を聞いたとき、思ったの。

わたしね。たくさんの犬や猫を見送ってきたでしょう？　みんな、人間よりも、命の持ち時間が短い命たち。あっというまに大きくなって虹の橋へ行ってしまう。

長さこそ多少違うけれど、人間の命だって同じだと思ってるの。いつかは終わる有限なものよね。

だからわたし、もう、母さんのことを泣きながら追いかけるのはやめにした。

それよりもいまのわたしがしなくちゃいけないことは、いま生きて鳴いている小さな子猫を救うこと。声が出る限りは、大好きな歌をうたうことなの。もう迷わない」

風の中で、一瞬、歯を食いしばり、その目から涙を流すのが見えた。愛理はでも、腕の中の子猫に顔を寄せ、微笑んだ。

「ほんとはまださみしいし、わりきれないけどね。でも、そういうことはいつか時間ができたときに考える。そのときに振り返ることにしたの。

お友達を心配させちゃ悪いしね」

そうよ、というように、満ちる先生が愛理の肩を叩く。よろけたところをわたしは慌てて支え、そして、三人でホテルの玄関の明かりを目指した。

雪の中で、置いて行かれたあの生き霊が、ゆっくりと力を失い、消えていくのをわたしは感じていた。たぶん、またあの眼差しが空から愛理を探そうとしても、愛理はその気配を探すことはないだろう。呪いに足を取られることも。

そんなひまは彼女にはないのだ。

わたしたちを心配してくれていたらしい、ホテルの住人たちが、扉を開いてくれている。明るい、あたたかい色の光と、ロビーに飾られたクリスマスツリーが、わたしたちを迎えるように、お帰りなさいをいうように、白い闇の中で輝いていた。

かすかに、クリスマスソングが聞こえた。

吹きすぎる風の中に、一瞬、鈴の音が聞こえたように思ったのは、サンタの橇の鈴なんだろうか、なんて弾む思いで考えてしまう。上空をいま通り過ぎたような鈴の音だった。もちろん風の音を聞き間違えただけなのだろうけれど。

愛理が空を見上げるようにして、叫んだ。白い息を吐いて。

「ああ、素敵な雪。わたし、雪ってやっぱり好きだわ。雪のクリスマス、最高」

わたしは、明かりを落とした図書室で魔法書を抱えたまま、ひとりで震えていました。

「たぶん……呪文、唱え損なっちゃった」

こんなにひどい雪になるなんて、想像もしていませんでした。

ほんのちょっとだけ、積もるくらいの、雪が降ればいいと思っていたのに。

さっきから、雪を止ませる呪文を唱えているのに、少しも効果がありませんでした。

「どうしよう……」

わたしは涙を流しました。

このまま吹雪が止まないで、街が雪に埋もれて、凍ってしまったらどうしようと思いました。

それでこの、風早の街全体が、氷漬けになってしまったら。寒くて、ひとがいっぱい死んだら。小鳥や猫や魚や犬や、みんなが死んでしまったら。

今日はクリスマスイブ。

みんながにこにこしている、素敵な夜なのに。

わたしは魔法書を抱きしめて、うずくまりました。冷たい床から、氷のような寒さが足を通して伝わってきて、わたしはこのまま凍り付いてしまいそう。いいえ、いっそこのまま、何も感じないように凍ってしまいたい、と思いました。


そのときでした。

「メリークリスマス」

庭に通じる古い扉を開けて、長いコートを着たおじいさんが、わたしのそばに歩いてきました。雪まみれで、でも楽しそうでした。

泣いているわたしのそばに身を屈め、優しい声でいいました。

「この素敵な夜に泣いているのは、いったいどういうわけなのかな？　どれどれ、おじいちゃんに話してごらん」

ふわふわの赤いコートとお揃いの、長い帽子。白いふわふわの羊のようなおひげ。まるで絵本の中のサンタさんみたいな素敵な格好のおじいさんだな、と思いました。

きっと、ホテルに来たお客様なのでしょう。

クリスマスの時期には、サンタさんの仮装をするおとなも多いのです。ケーキ屋さんや、フライドチキンのお店、コンビニや本屋さんでも、あうことができるって、わたしは知っています。

「雪が、雪が止まなくて。このままじゃあ、街が凍ってしまいます……」

すすり上げると、そのひとは、よしよし、というように、わたしの肩を優しく叩いてくれました。

樅《もみ》の木のような匂いがする手でした。あたたかな手でした。

「大丈夫。おじいちゃんが何とかしてあげよう。だから、もう泣くのはおよし」

わたしが顔を上げると、そのひとは笑顔で手を振って、庭の方へ帰って行きました。

「子どもの願いを叶えるのが、サンタクロースの仕事だからね」

まさか、と思いました。

そして、急ぎ足で、そのひとの跡を追い、庭への扉を開けました。

吹き荒れる風の中で、橇に乗った赤いコートのおじいさんが、光る鼻のトナカイの手綱を取り、

「さあ行くぞ、ルドルフ」

と、その名前を呼ぶ朗らかな声が聞こえました。

風の吹き荒れる音に混じって、聞こえる鈴の音と。

そして——。

誰かが、わたしの肩をそっと揺り起こすのを感じました。

お姉様でした。

「こんなところで寝ていたら、風邪を引きますよ。みんなでケーキでも食べましょう」

そうでした。心が凍るように不安だったから忘れていたけれど、今夜は竜宮ホテルのクリスマスパーティーなのでした。

かすかに良い匂いがします。ごちそうの匂いです。おなかが鳴って、わたしははずかしくて笑いました。

あら、泣いていたの、と、お姉様が心配そうに訊ねました。

「どうしたんですか?」

優しい優しい声でした。

「夢を見ていたんです」

わたしは答えました。

「優しくて、そして素敵な夢を」

わたしは自分の目元をこすり、腕の中に抱えていた魔法書を見て、そして——窓の外を見ました。

雪は止んでいました。

「お姉様、雪が……」

呟くと、お姉様は笑顔で、

「さっきまで吹き荒れていたんだけど、魔法みたいに止んだんですよ。不思議な夜でしたね」


コーヒーハウスで、ホテルの皆さんと、ケーキをいただいて、あたたかな飲み物もいただきました。アラザンを散らした生クリームを乗せたミルクコーヒーです。

愛理さんが拾ったという、雪みたいに真っ白な子猫がそこにいて、みんなでかわいいかわいいと夢中になっていました。

子猫は、まるで誰かからのこのホテルのみんなへの贈り物のようでした。

愛理さんが元気にクリスマスソングを弾いてうたいました。みんなもうたいました。

楽しい楽しい夜でした。